KB253726

시애틀의 낮달

The Daytime Moon in Seattle

이경구 수필집

시애틀의 낮달

The Daytime Moon in Seattle
Essays by Kyung Ku Lee

선우미디어

작가의 말

넓은 벌 동쪽 끝으로

옛 이야기 지줄대는 실개천이 휘돌아 나가고,

얼룩백이 황소가

해설피 금빛 게으른 울음을 우는 곳,

—그곳이 참하 꿈엔들 잊힐리야.

—정지용의 시 「향수」에서

청산혜요아이무어(青山兮要我以無語)

창공혜요아이무구(蒼空兮要我以無垢)

료무애이무증혜(聊無愛而無憎兮)

여수여풍이종아(如水如風而終我)

청산은 나를 보고 말없이 살라하고

창공은 나를 보고 티없이 살라하네

사랑도 벗어놓고 미움도 벗어놓고

물같이 바람같이 살다가 가라하네

　　　　　　—나옹 선사(懶翁禪師)의 「靑山兮要」에서

내가 태어나 자란 곳은 정지용이 「향수」에 그린 마을과 같았다. 공직에 있을 때에는 고향을 그리며 살았다. 공직을 떠난 이후에는 나옹 선사의 선시(禪詩) 같은 마음을 가지고 살았다.

나의 작품을 읽어 보고 조언을 해준 아내와 아들딸 내외, 그리고 책의 출판을 맡아 주신 이선우 님에게 고마움을 표한다.

2011년 여름

이경주

차 례

작가의 말 ――― 4

1. 봉선화 단상

황새의 재판 ――― 12
물방울 소리 ――― 16
걸인청(乞人廳) ――― 22
봉선화 단상 ――― 26

2. 종묘공원의 봄

나는 조선의 옻칠쟁이다 ――― 30
『최은희의 고백』을 읽고 ――― 34
종묘공원의 봄 ――― 41
노량진우체국 ――― 45

3. 종각역의 금붕어

팥죽 귀신 ——— 50

문자향 서권기 ——— 53

종각역의 금붕어 ——— 57

내 문학의 고향 ——— 60

I Love Korea! ——— 65

4. 만화천자문

꾀꼬리 ——— 70

만화천자문 ——— 73

생률을 파는 할아버지 ——— 77

책꾸러기 ——— 81

외교백서를 받다 ——— 83

5. 효자손

재치국 ——— 88

인사동 거리의 화가들 ——— 91

효자손 ——— 94

굴다리시장 장보기 ——— 96

6. 영정 사진

천안 호두과자 ______ 100
나의 치매 방지법 ______ 104
영정 사진 ______ 111
김家네김밥 ______ 115
청주고인쇄박물관 ______ 119

7. 어니스트 헤밍웨이의 집

불효자는 웁니다 ______ 124
피천득의 「인연」을 다시 읽고 ______ 126
어니스트 헤밍웨이의 집 ______ 131
자두연두기(煮豆燃豆萁) ______ 134

8. 꼬끼오!

달동네 ______ 138
전철역 화장실의 표어 ______ 142
꼬끼오! ______ 145
퍼사이공(Pho Saigon) ______ 148
레이니어 산 ______ 151

9. 시애틀 추장의 편지

시애틀의 잠 못 이루는 밤 ______ 156
고사목 ______ 159
시애틀 추장의 편지 ______ 162
뉴욕 하이드 파크를 찾아서 ______ 168
할머니들의 시위 ______ 172

10. 낮달

동쪽 창가에서 ______ 178
쇠뜨기 ______ 182
달밤 ______ 185
낮달 ______ 188
김채순의 「마늘 한 톨」을 읽고 ______ 190

11. 아내의 바느질

간 나오토 총리의 담화에 대한 단상 ______ 196
청설모 ______ 203
아내의 바느질 ______ 207
수필과 마음밭 ______ 210

12. 작품 영역

Noryangjin Post Office ______ 216

The Unfilial Son Is Weeping ______ 221

The Dead Tree Trunk ______ 224

The Daytime Moon ______ 228

작가 후기 ______ 231

1. 봉선화 단상

황새의 재판

물방울 소리

걸인청(乞人廳)

봉선화 단상

봉선화

황새의 재판

어느 봄날, 나는 칠순이 넘은 나이에 거실 의자에 앉아 『국어
읽기 5-1』을 읽었다. 어린이들이 배우는 글은 어떤가 하고 5년
전에 종각역 근처에 있는 영풍문고에서 산 교과서인데, 내용 중에
「황새의 재판」이라는 우화가 있었다.

옛날, 꾀꼬리와 뻐꾸기, 따오기가 모여서 서로 자기 목소리가 좋다
고 싸우고 있었다. 그들은 황새를 찾아가 누구 목소리가 가장 좋은지
결정해 달라고 요청하기로 하였다. 황새는 지혜 있고 일을 바르게 처리
한다고들 하였다.

따오기는 목소리에 자신이 없었다. 개구리, 우렁이, 올챙이, 거머
리, 굼벵이, 지렁이 등을 모아 가지고 맵시 있는 박에 담아서 황새의
집으로 가져갔다. 따오기는 황새에게 고운 목소리 겨루기에서 이길 수

있도록 도와 달라고 부탁하였다.

황새 집에서 목청 겨루기가 시작되었다. 꾀꼬리가 소리를 곱게 냈지만, 황새는 "소리가 가볍기만 하여 쓸 데가 없구나." 하고 말했다. 뻐꾸기가 목청을 가다듬어 소리를 냈으나, 황새는 "소리가 근심이 많아 슬프기만 하다."고 하였다. 따오기가 큰 소리를 내자, 황새는 "소리가 웅장하니 대장부의 기상이로다." 하고 칭찬하였다.

이 글을 읽자, 고등학교 시절에 한 동네에 사는 아저씨가 나를 자기네 사랑방에 초대하고 펜을 잉크에 찍어 백지에다 '有我無蛙人生之恨'이라고 써 보이며 뜻을 아느냐고 묻던 일이 생각났다. 아저씨는 "이 문자는 '유아무와인생지한'이라고 읽는다. 나는 있으나 개구리가 없는 것이 한이로다. 다시 말해서 나는 실력이 있어도 개구리가 없어서 출세를 못했다는 뜻이다."라고 하였다.

그리고 옛날 이야기를 들려 주었다. 임금이 하루는 평복을 입고 노인으로 가장하여 홀로 야행을 나갔다가 불빛이 비치는 산속의 어느 민가를 찾아갔다. 방안에서는 어떤 선비가 벽에 '有我無蛙人生之恨'이라는 글을 붙여 놓고 낭랑한 목소리로 글을 읽고 있는데, 그 뜻을 알 도리가 없었다. 선비에게 뜻을 물었더니 대답이 이러하였다.

먼 옛날 꾀꼬리와 까마귀가 살았다. 그들은 서로 자기 목소리가 곱다고 싸우다가 황새를 찾아가 심판을 받기로 하였다. 까마귀는 개구리를 잡아서 황새에게 갖다 바치고 노래 겨루기 때에 잘 봐 달라고 하였다. 꾀꼬리와 까마귀는 황새 앞에서 노래를 불렀다. 황새는 까마귀 목소리가 더 곱다고 판정하였다.

선비는 과거만 보면 낙방(落榜)을 하였다. 시험을 잘 보았으나 돈이 없고 정승의 자식도 아니라서 떨어지게 된 것이라고 믿었다. 개구리를 바치지 않은 꾀꼬리의 입장이라는 것이었다. 노인은 자기도 과거를 여러 번 보았으나 낙방을 했는데, 며칠 뒤에 임시 과거가 있다는 말을 듣고 서울로 올라가는 길이니 같이 가자고 하였다.

과거를 보는 날이 왔다. 선비는 시험장을 찾아가 마음을 가다듬고 앉았다. 시험관이 나타나 시제(試題)를 내거는데, 보니 '有我無蛙人生之恨'을 풀이하라는 것이었다. 선비는 붓을 들기가 무섭게 한지에 일필휘지(一筆揮之)로 답을 써 내서 과거에 장원 급제하였다. 아저씨는 나에게 식혜를 권하며 그 선비가 고려조의 대시인 백운거사(白雲居士) 이규보(李奎報)라고 말하였다.

젊어서 외무부에 다니던 어느 날, 나는 문교부에 다니는 친구와 무교동에서 막걸리를 마신 일이 있었다. 희미한 불빛 아래서 술잔을 건네며 내가 '有我無蛙人生之恨'이라는 문자를 아느냐고 물었더니, 고려 말의 문신 이규보가 그 당시 관리들의 비리를 풍자한 글이라고 하였다.

「황새의 재판」 서두에는 "따오기와 황새의 성격에 주의하며「황새의 재판」을 읽어 봅시다."라는 말이 있다. 본문의 줄거리인즉, 따오기가 심판관인 황새에게 개구리를 바치고 꾀꼬리와 뻐꾸기를 상대로 고운 목소리 겨루기를 벌여서 유리한 판정을 받았다.

그러나 본문은 나에게 황새의 처세도 필요함을 귀띔하는 뜻으로 읽혔다. 황새는 뇌물을 거절했다고 써야 하지 않았을까? 임산부가 소나무에 황새가 앉아 있는 꿈을 꾸면, 태몽으로 태어날 아이는 장차 고관이 되어 나라에 공헌하게 된다는 민담도 있지 않은가.

[2007. 7 〈白眉文學〉 13집]

물방울 소리

아침에 눈을 뜨니, 유리창 너머로 여명이 밝아 온다. 벽에 걸린 시계가 5시를 가리키고 있다. 어디선가 구구새 우는 소리가 들린다. 구구새 소리가 듣기에 좋다.

"물방울 소리가 나요."

아내의 목소리였다.

"영어 문장을 외우는 소리여."

"별 소릴 다 듣네."

아내가 빙그레 웃는다.

나는 새벽이나 아침 일찍이 눈을 뜨면 영어 문장을 외운다. 따뜻한 온돌방에 누운 채 영어 문장을 외우느라고 아래위 입술을 붙였다 떼었다 하면, 침이 입술에 붙었다 떨어졌다 하면서 소리를 낸다.

올 봄에 내가 소리를 내며 외우는 문장은 인도 시인 라빈드라나드 타고르의 노벨 문학상 수상작 『기탄잘리(Gitanjali)』라는 시집에 나오는 시구이다. 잠을 청할 때에도 외운다.

DEATH, thy servant, is at my door.
당신의 종인 죽음이 내 문간에 와 있습니다.

여름이 왔다. 날씨가 더워지니 한밤중이나 새벽에 잠에서 깨어 다시 잠을 이루지 못하는 때가 많았다. 그런 때면 눈을 감고 평소 알고 있는 명구나 글을 쓰기 위해 조사한 문구들을 외웠다.

"물방울 소리가 들려요."

잠결에 아내가 하는 말이다.

"시를 외우고 있어."

"소리 내어 읊어 봐요."

낮은 소리로 시를 외웠다.

가갸 거겨

고교 구규

그기 가.

라랴 러려

로료 루류

르리 라.

"무슨 시가 그래요?"

아내가 웃음을 터뜨렸다.

"중학교 시절에 들은 시여."

눈을 크게 뜨고 대답하였다.

그 시는 한하운(韓何雲)의 「개구리」라는 시이다. 그는 함경남도 함주에서 태어나고 중국 북경대학을 졸업하였다. 나병에 걸려서 고통을 겪으며 시를 지었다. 『보리 피리』라는 시집을 남겼다.

"다른 시를 외워 보세요."

한하운의 시를 이해하지 못 하겠다는 말씨다.

"물방울 소리가 진짜로 나는 시를 읊을 테니 들어 보아요."

내가 좀 크게 말하였다.

마음 곧게 세우고

언제나 제자리에 수직으로 떨어지는

작은 물방울 소리 속에

온 산의 능선이 시퍼렇게 휘어지고 있다

전동균 님의 「물방울 소리」라는 시의 마지막 연이다. 아주 작고 극미한 힘이 산을 흔든다는 마지막 행이 절창이다. 전동균 시인은 경상북도 경주에서 나고 중앙대학 예술대학원을 졸업하였다. 그에게는 『오래 비어 있는 길』이라는 시집이 있다.

가을이 되었다. 날씨가 서늘해졌다. 잠자기 전이나 아침 식전에, 서재에서 지리산 청학동예절학교 훈장인 김봉곤(金烽坤) 님과 미국 변호사인 하일(Robert Holly) 박사가 『명심보감(明心寶鑑)』을 한글과 영어로 해설한 『한문과 영어로 고전 읽기』라는 책을 조금씩 읽었다.

人無百歲人(인무백세인)이나 枉作千年計(왕작천년계) 니라.

사람은 백 살을 살지 못하는데 마치 천 년을 살 것처럼 계획을 세운다.

Although you may not live a hundred years, set your plans as if you will live a thousand years.

존심편(存心篇)에 나온다. 밤에 이불 속에서 글을 외우노라니, 아내가 잠을 청할 수가 없다고 말하였다. 『명심보감』이란, 고려 충렬왕 때의 문신 노당(露堂) 추적(秋適)이 중국 고전에서 금언과 명구를 뽑아 만든 책이다.

겨울이 왔다. 눈 내리는 밤에는 서재에서 수필 작품을 구상하였다. 설날이 가까워지니 이웃들이 새벽에 우리 집 앞길을 지나가는 소리에 잠을 깨는 일이 잦았다. 밤에는 구두 소리가 크게 들렸다.

"물방울 소리가 나네."

아내가 입을 열었다.

"한시를 외우는 소리여."

"소리 내어 읊어 보세요."

한시를 언제 배웠느냐는 말투다.

飛雪初來已夕陽

눈이 펄펄 날리자 벌써 석양이로구나!

목은(牧隱) 이색(李穡)의 「영설(詠雪)」이라는 시에 나온다. 고려말 학자요 문신인 목은 선생은 경상북도 영덕군 영해면 괴시 마을에서 태어났으며 이제현(李齊賢)의 문인이다. 저서로 『목은문고(牧隱文藁)』가 있다. 목은의 시는 6천 수가 넘는다.

어느 새벽에는 여류 문인의 시도 외웠다.

昨日勝今日

今年老去年

어제는 오늘보다 좋은 날이요,

올해는 작년보다 늙어 가는 몸.

중국 청나라 문인 장탄(蔣坦)의 처 추부(秋芙)의 시이다. 장탄의
『추등쇄억(秋燈瑣憶)』이라는 문집에 나온다. 잠이 깨었을 때 추부
의 시를 읊노라면 단잠에 빠진다.

(2007 여름)

걸인청(乞人廳)

봄볕이 따뜻한 어느 날 오후이다. 내가 탑골공원 안으로 들어서
니, 노인들이 화단 가장자리에 앉아 파란 옥잠화 새싹들을 보고
있다. 노인들 틈에는 중년 신사와 숙녀도 있다.

공원 담벼락에 붙여 놓은 갖가지 3·1 운동 기념 동판화 작품들
을 자세히 살펴보았다. 마당 가운데에 늠름하게 서 있는 회화나무
아래로 갔다. 노인들이 여럿 의자에 앉아 있다.

왼편 의자 끝에 가서 앉았다. 한 노인이 자기는 조선 시대의
벼슬아치들 중에서 토정(土亭) 선생을 제일 존경한다고 말을 꺼냈
다. 한국 관리들 중에도 그만한 인물이 없다고 떠든다. 아산(牙山)
현감으로 있을 때 걸인청(乞人廳)을 만들어 거지들을 도왔다고 역
설한다.

노인의 토정 선생이라는 말에 귀가 번쩍 뜨였다. 평소에 토정

하면 서울에 자기 호(號)를 지명으로 남기고 있으며, 『토정비결(土亭秘訣)』이라는 책을 지어서 후인들로 하여금 일 년의 신수를 풀어보고 행복한 생활을 설계하는 길잡이로 삼게 한 위인으로 알고 있었기 때문이다. 게다가 선생은 걸인청을 세웠다고 하지 않는가.

삼일문을 나오니 기분이 좋았다. 탑골공원에서 소일하는 노인들을 만나는 보람이 있었기 때문이다. 삼일문 옆에서는 어떤 상인이 크고 작은 만국기들을 팔고 있다. 소형 만국기들 사이에는 일장기도 끼었다. 공원 담장 앞에 있는 '육의전 터(六矣廛址)' 표지석은 졸고 있는 것 같다.

한산(韓山)에 사는 친지들에 따르면, 조선 중기의 명현이요 성리학자인 토정 이지함(李之菡)은 중종 12년(1517)에 보령시 청라면 장산리에서 태어났다고 한다. 마포구 토정동 한강 삼성아파트 입구에는 '토정 이지함 선생 집터'라는 표지석이 세워져 있다. 보령시 주포면 고정리 국수봉 기슭에는 토정 일가의 선산과 그의 무덤이 있다.

이이(李珥)의 『석담일기(石潭日記)』에 보면, 이지함은 효성이 지극하고 형제간에 우애가 두텁고 재물을 가벼이 여겼으며 세상의 명리(名利)와 성색(聲色)에 초연하였다. 생애의 대부분을 마포 강변에 토담집을 짓고 뭇 백성들과 아픔을 같이 하며 청빈하게 살았다 한다.

이지함은 화담(花潭) 서경덕(徐敬德)의 문인이다. 선조 6년(1573)

에 주민의 추천으로 조정에 천거되어 포천(抱川) 현감이 되었으며, 이듬해에 사직하고 귀향했다가 선조 11년(1578)에 다시 아산 현감으로 등용되었다. 걸인청을 만들어서 관내의 거지와 노약자와 굶주린 백성들을 구호하다가 그 해에 죽었다고 한다.

『선조수정실록(宣祖修正實錄)』에는 이지함의 졸기(卒記)가 있다. 그 글의 내용인즉, 그는 항상 이르기를 1백 리 되는 고을을 얻어서 선정을 베풀면 가난한 백성을 부자로 만들 수 있다고 하였다. 말년에 아산 현감이 되어 치정을 하다가 갑자기 병으로 죽으니, 고을 사람들이 친척이 죽은 것처럼 슬퍼하였다.

토정 이지함은 고려말의 문신인 목은(牧隱) 이색(李穡)의 7대손이다. 토정의 조카이자 이덕형(李德馨)의 장인인 산해(山海)는 영의정을 하였다. 좌의정을 지낸 박순(朴淳)은 같은 화담 문인이고 이이(李珥)는 극친한 벗이었다. 임진왜란 의병장인 조헌(趙憲)은 토정의 제자이다.

소설가 이재운(李載雲)은 1991년에 『소설 토정비결』이라는 소설을 출간하였다. 소설가는 「머리글」에서 "토정 이지함을 모르고서 어찌 한국사람이라고 할 수 있겠는가? 인간과 우주 원리를 통달한 선도(仙道)의 대가(大家), 그 목소리가 들려온다."고 말하고 있다.

『토정비결』에는 '신상유곤분주지상(身上有困奔走之象)'이라는 괘가 있다. 해설서에 따르면, '청산에 돌아가는 나그네가 날이 저물어 빨리 걷는 격'이라는 뜻이라고 한다. 『토정비결』은 일 년의 신수를 풀어 보는 책이지만, 그 괘는 내 노년 신수 같다.

  강남 우리 집 영산홍이 피던 어느 날, 종로에 있는 탑골공원을 찾았다. 회화나무 아래에 갔더니 노인들이 의자에 앉아 담소하고 있었다. 걸인청 이야기를 하던 노인이 보여서 반가웠다.

(2007. 7)

봉선화 단상

우리 집 옥상 화단에 봉선화가 활짝 피었다. 꽃잎 색깔이 빨간 것이 예쁘기가 그지없다. 꽃마다 큰 꽃잎 두 개가 아래위로 겹쳐 있어서 립스틱 바른 여자 입술 같다.

내가 봉선화를 기르게 된 것은 어떤 제과점의 덕분이다. 지난가을 어느 날, 아내가 청량리에 있는 대형 마트에서 식빵을 사 왔는데 봉지에 '봉선화 씨'라고 쓰인 봉투가 붙어 있었다.

올해 4월 초에 화분에 꽃씨를 뿌렸다. 평생에 처음 봉선화 꽃씨를 심었다. 열흘이 되니 연두색 쌍떡잎이 돋아났다. 톱니 모양의 본잎이 나고, 줄기와 가지들이 위쪽으로 크고, 잎겨드랑이에 꽃봉오리가 두세 개씩 달리더니 6월 중순에 꽃을 피운 것이다.

닷새쯤 되자 꽃잎들이 떨어지고 그 자리에 타원형의 씨방이 맺혔다. 초록색 씨방이 점점 커진다. 길이가 2센티미터쯤 되었다.

씨방을 까서 보니까 담녹색의 좁쌀만한 씨가 들어차 있다. 위쪽의 잎겨드랑이에서는 꽃봉오리들이 연이어 나온다. 꽃들이 피고 씨방이 생기는 모습이 귀엽다.

나는 어려서 초가 동네에 살았다. 딸을 가진 집에서는 토담 아래에 봉선화를 키웠다. 봉선화는 빨강, 분홍, 백색 꽃들을 피웠다. 우리 집에는 봉선화를 가꾸는 식구가 없었다. 어머니가 아들만 낳으셨다.

일곱 살 때의 일이었다. 그 해 봄에도 옆집 울타리 밑에는 봉선화가 자랐다. 그 집 딸이 봉선화를 좋아하였다. 머리를 길게 땋은 그녀는 봉선화가 빨갛게 피면 꽃잎을 따서 손톱에 물을 들인다고 하였다.

어느 비오는 날, 그녀가 봉선화 한 포기를 들고 우리 집에 왔다. 자기 어머니가 봉선화 모종을 갖다 주라고 해서 뽑아 가지고 왔다고 하였다. 토담 아래에 정성껏 심었다. 비가 그치니 봉선화가 시들어 버렸다. 보름쯤이 지나자 그녀네는 동네 사람들에게 작별을 고하고 타지로 이사를 갔다.

해방 직후에는 집안 아저씨에게 「봉선화」라는 노래를 배우게 되었다. 동경에 있는 무사시노(武藏野) 음악학교를 나온 소프라노 김천애(金天愛) 여사가, 1942년 4월에 한복 차림으로 히비야(日比谷) 공회당에서 열린 신인 음악회에 출연하여, '울밑에 선 봉선화

야를 불렀다고 한다.

김천애의 「봉선화」는 빅터와 콜롬비아 두 레코드 회사의 음반을 타고 전국에 퍼졌다. 일본 경찰은 가사가 민족적이라고 하여 「봉선화」를 부르지 못하게 했다고 한다. 그럼에도 김천애는 무대에서 「봉선화」를 불러서, 경찰에 연행되기도 했다는 것이다.

아저씨네 집에서 들었던 유성기 노래의 첫 마디는 '울밑에 선 봉선화야 네 모양이 처량하다'로 시작된다. 그 노래의 2절 마지막 행은 '낙화로다 늙어졌다 네 모양이 처량하다'이다. 첫번째 '처량하다'는 자신을 비하(卑下)한 표현이 아닐까 하는 느낌이 들었다.

장성해서 동네를 떠나 서울에 신혼살림을 차린 후에도 봉선화와는 인연이 멀었다. 봉선화 하면 내가 어렸을 때에 봉선화 모종을 들고 찾아왔던 이웃집 소녀가 생각났다. 나보다 한 살 아래인 그녀가 살았으면 일흔네 살의 노인이다.

어느덧 7월 하순이 되었다. 봉선화 열매들이 누런색을 띠었다. 익은 씨방을 건드렸더니 터지면서 밤색 씨들이 사방으로 튄다. 씨방이 터지는 힘이 손가락에 느껴졌다. 잎겨드랑이에는 다른 꽃들이 연달아 핀다.

옥상에 따가운 볕이 내리쬔다. 봉선화 씨를 받아 봉투에 넣었다. 꽃씨를 보낸 제과점 주인을 생각하였다. 봉선화 씨방이 터져서 씨들이 퍼지듯 제과점의 매상이 늘기를 빈다.　　　(2007. 8)

2. 종묘공원의 봄

나는 조선의 옻칠쟁이다

『최은희의 고백』을 읽고

종묘공원의 봄

노량진우체국

나는 조선의 옻칠쟁이다

어느 일요일 오후 우리 내외는 하행선 열차를 타고 가다가 영등포역에서 내렸다. 노량진 집을 나섰을 때에는 날씨가 흐리더니 플랫폼 밖에는 가을비가 추적추적 내리고 있었다.

지하층 매표소 맞은편에 있는 롯데백화점 유리문을 밀고 안으로 들어갔다. 의복 매장에서 손자에게 줄 아동복 한 벌을 샀다. 음식점 코너에 들러서 단골 메뉴인 호박죽을 사 먹었다.

밖으로 나와 전철 매표소 앞 헌책방을 한바퀴 둘러보았다. 담배를 물고 있는 흑백 인물화가 눈에 띄었다. 그림 아래에 가로로 『나는 조선의 옻칠쟁이다』라는 책의 제목이 붉은 글씨로 씌었다. 그림 오른쪽에는 세로로 '세계적인 칠예 작가 전용복 이야기'라고 쓴 부제가 있다. 제목 위에는 '일본 속에 우뚝 선 한 장인의 외침'이라는 말이 적혀 있다.

아내가 책을 얼른 사라고 하기에 돈 3천 원을 주고 샀다. 이 책은 5년 전인 2002년 어느 봄날 종각역 근처에 있는 영풍문고에서 사려고 하다가 돈이 부족하여 사지 못한 그 책이 아닌가. 그 다음날 지갑에 돈을 넣고 영풍문고에 갔더니 품절이라는 것이었다. 우리 가족 앨범에 들어 있는 전용복(全龍福) 작가의 사진들을 생각하니 책을 못 산 것이 분하기 이를 데 없었다.

나는 월요일부터 서재에서 『나는 조선의 옻칠쟁이다』를 읽었다. 모두 352쪽 분량의 전기(傳記)이다. 책에 실려 있는 칠예 작품 사진들도 감상하였다. 작가는 저서에서 "한국에서는 작품 세계를 제대로 평가받기 힘들었을 뿐더러 정통 옻칠에 대해서 본격적으로 공부하고 싶기도 했다."고 말하고 있다. 부산(釜山) 공방에서 도쿄(東京)의 유서 깊은 연회장인 메구로가조엔(目黑雅敍園)의 나전 밥상 하나를 수리한 인연으로 그 기업의 개축 공사 중에서 옻칠과 관계된 일에 참여하게 되었으며, 국보급 일본화들을 비롯한 옻칠 작품 7천여 점을 복원해 냄으로써 세계적인 작가로 우뚝 서게 된 것이었다.

메구로가조엔은 호소카와 리키조(細川力藏)가 1931년에 실내를 당대 최고의 미술 작품으로 장식해서 건립한 대규모 연회장이다. 그 당시 조선의 많은 장인들이 그 곳에서 나전과 옻칠 작품들을 제작하였다. 전용복 작가는 1988년 여름부터 작품 복원에 참여해서 1991년 가을에 작업을 마쳤다. 자개 무늬와 옻칠의 장식으로 복원된 회전식 원형 테이블은 창업자가 세계 최초로 고안한 것이다. 미인화와 금과 옻칠로 새로 꾸며진 화장실은 세계에서 가장 아름다운 화장실이다. 나전으로 공작을 그려 넣고 옻칠을 입힌 승강기는 세계 최초의 옻칠 장치이다.

내가 그와 우정을 맺게 된 것은 이와테 현(岩手縣) 모리오카 시(盛岡市)로부터 동쪽으로 멀리 떨어진 가와이무라(川井村)의 폐교인 하꼬이시시소학교(箱石小學校)에서 전용복 작가가 메구로가조엔의 옻칠 작품을 연구하고 복원하던 때였다. 그 당시 센다이(仙台) 주재 총영사였던 나는, 관할지인 가와이무라로 작가의 공방을 찾아가서 한국인 칠장이들이 옻칠 작품을 복원하는 현장을 목격하고, 그 다음에 도쿄 메구로 구(目黑區)로 메구로가조엔을 방문하여 복원된 작품들을 살펴보고 깊은 감명을 받았다. 그리고 문화재가 유출된 듯한 아쉬움을 금치 못하였다.

전용복 작가의 칠예 작품들 중에서 내가 제일 좋아하는 것은 아내와 함께 가와이무라에서 그를 처음 만났을 때 사무실에서 보여 준 「욕망」이라는 제목의 건칠 작품이다. 그는 가와이무라에 온 해에 이와테 현에서 전국 규모로 개최한 공예 미술 공모전에 출품하여 특상을 받았다고 하였다. 한국에서 가져온 마늘의 선을 모티브로 해서 한국적인 정서를 마음껏 담아냈다는 것이었다. 전용복 하면 목이 좁고 길며 몸체가 사람의 엉덩이 같은 건칠병이 생각난다.

우리 내외가 1997년 가을에 서울 예술의 전당에서 열린 '전용복 옻 전시회'에서 작가를 만난 지도 어느덧 10년이 넘었다. 가와이무라의 산천, 우리가 묵었던 이층 집 다다미방, 그리고 그가 세운 이와야마칠예미술관(岩山漆藝美術館)이 보고 싶다.

그 곳에는 키가 크고 이목구비가 수려한 전용복 작가가 있지 않은가. 이와야마(岩山)는 이와테(岩手)의 앞글자와 부산(釜山)의 뒷글자를 딴 것이다. 고향이 부산이다.

(2007. 10)

『최은희의 고백』을 읽고

우리 나라 영화계의 원로 영화 배우 최은희가 77세의 생일을 맞이하여 파란 많은 삶을 담은 자서전을 출판하였다. 이름하여 『최은희의 고백』이다. 흑백 옆얼굴 사진이 표지에 실렸다.

최은희가 출연한 영화들 중에서 내가 가장 신나게 본 영화는 1961년 1월에 명보극장에서 개봉된 신상옥 감독의 「성춘향」이다. 김진규 최은희가 주연을 맡고, 허장강이 방자로, 도금봉이 향단으로, 한은진이 월매로, 이예춘이 변 사또로 출연하여 관객들을 웃겼다.

그 당시 외무부에 근무하던 나는, 춘향전을 영어로 번역해 보고 싶은 생각이 들어서, 퇴근 후에는 집에서 틈틈이 영역을 하였다. 그런데 시간적 여유가 없어서 몇 달 만에 그만두었다.

내가 모은 춘향전 영역본은 5종에 달한다. 그 중에서 가장 애독

한 책은 1974년에 성공회의 리차드 러트(Richard Rutt) 주교가 펴
낸『The Song of a Faithful Wife, Ch'un-hyang』과 2002년에
김수한이 구성하고 이종권·사라 베스 파슨스가 옮긴『WOW 만화
영어 춘향전』이다.

　　안양예술고교의 최은희 교장은 1978년 1월에 예술고등학교 자매 결연
을 위해 홍콩에 갔다가, '리펄스 베이'라는 해수욕장에서 북한 장정들에
의해서 하얀 모터보트에 강제로 실린다.
　　"최 선생, 지금 우리는 김일성 장군님의 품으로 갑니다."
　　"뭐, 뭐라고요?"
　　최은희는 그 자리에서 쓰러지고 말았다. 북한 장정들이 손목이 묶인
자기를 끌고 화물선 사다리를 올라가고 있을 때에 정신이 돌아왔다. 그들
은 최은희를 선장실에 데려다 놓았다.
　　그 해 1월 22일 오후 3시쯤에 최은희는 북한 땅을 밟는다. 눈앞에 김정
일이 나타나 그녀를 리무진에 태우고 평양으로 향하였다. 과수나무들 너
머의 자기 별장에 최은희를 내려놓는다.
　　그녀는 이듬해에 원흥리로 이사한 후부터 몰래 생활 수기를 쓰기 시작
하였다. 최은희라는 여배우가 북한에 납치되었다가, 외로이 죽어 갔다는
흔적이라도 남기고 싶어서였다. 훗날 북한에서 만난 신상옥 감독과 북한
을 탈출할 때 가지고 나왔다.

나는 이 대목을 읽고 『안네의 일기(The Diary of a Young Girl Anne Frank)』를 연상하였다. 안네는 독일군의 점령하에 있는 암스테르담에서, 부모와 언니 그리고 다른 유대인 가족과 은신처에 기거할 때인 1942년 6월부터 1944년 8월까지 일기를 썼다

안네는 언니하고 나치스에 의해 독일의 베르겐 베르젠 유대인 수용소로 끌려가 지내다가 함께 티푸스에 걸려 죽음을 맞았다. 일기는 지인인 네덜란드인에게 발견되어 유일한 생존자인 아버지의 손에 들어갔다. 콘탁터사에 의해 1947년에 네덜란드 어로 출간된다.

최은희는 1983년의 봄을 맞이하였다. 그녀는 3년 만인 어느 날 연회에 초대되었다. 주석단에는 김정일이 앉아 있었다. 갑자기 주위가 소란해지더니 음악 소리가 멎었다.

"저기 좀 보시오. 누가 오나……."

옆에서 강해룡 부부장이 출입구 쪽을 가리켰다. 한 남자가 여러 사람에게 둘러싸여 들어오는 것이 보였다. 회색 양복을 입고 머리를 짧게 깎은 그는 분명 신상옥 감독이었다.

"포옹 좀 하지. 왜 그러고만 서 있소?"

멍청하게 서 있는데, 굵고 걸걸한 김정일의 목소리가 들렸다. 갑작스레 신 감독을 만나고 나니 어이가 없었다. 그도 말없이 미소만 지었다. 홍콩에서 최은희의 족적을 찾다가 납치되었다.

신상옥 감독의 생일 다음날인 1983년 10월 19일에 김정일이 최은희와 신상옥 감독을 식사에 초대하였다. 30분쯤 면담을 하고 식사를 하기로 되었는데, 이야기가 길어져 3시간이나 걸렸다. 김정일은 이렇게 말했다.

"나는 북한 영화계에 새로운 자극을 주기 위해 감독으로는 신 선생을, 우리 배우들을 지도할 수 있는 교육자로는 최 선생을, 이렇게 두 분을 선택하게 된 겁네다."

김정일은 "좋은 영화만 만들어 주구래." 하면서 신상옥 감독이 만드는 영화에 간섭하지 않겠다는 것, 연간 미화 300만 달러를 전폭적으로 지원하겠다는 것을 약속한다.

최은희와 신상옥 감독은 1986년 3월에 베를린 영화제에 참석하기 위해 해외 여행을 떠나게 되었다. 베를린 영화제 개막과 폐막 파티에 참석한 후에는 부다페스트로 가서 일을 보고 비엔나에 도착하였다.

그들 부부는 호텔 카운터에 근무하는 일본인 직원을 만났다. 신상옥 감독은 상의 주머니에 넣어 두었던 편지를 꺼내어 미국대사관에 전해 줄 것을 부탁하고였다. 부부는 교토 통신의 에노키 부장과 함께 택시를 타고 공원 쪽으로 달렸다. 미국대사관 앞에서 내리자, 다급하게 뛰어들어갔다.

"우리는 신상옥 최은희 부부입니다. 망명을 하고 싶으니 영사를 만나게 해 주시오." 하고 신 감독이 도움을 간청하자, 창구 직원은 빙긋이 웃으며 몸수색을 하였다.

한 미국인이 방문을 열고 들어와서 "수고하셨습니다. 잘 오셨습니다." 하고 말하였다. 일본인 호텔 직원에게 부탁했던 편지가 대사관에 전해졌다는 것도 알게 되었다.

　나는 이상과 같은 수기를 읽고 북한의 인권 문제와 우리의 통일 정책을 되돌아보게 되었다. 북한에 억류된 국군 포로와 납북자들은 자유가 얼마나 그리울까? 참여 정부가 추구하고 있는 햇볕 정책은 올바른 선택일까?

　통일연구원의 손기웅 연구위원은 1999년 7월 〈외교〉 제50호에 발표한 「선진민주사회 건설과 대북정책 및 통일정책의 방향」이라는 제목의 논문에서 대북 정책에 관해 다음과 같이 말하고 있다.

　'남북한 간의 체제경쟁은 이제 끝이 났다. 정치적 민주화의 성숙도에서, 경제력에서 북한은 우리에게 비교가 되지 않는다. 현 단계에서 가장 중요한 대북정책의 중점은 체제경쟁이 아니라 우리 사회를 선진민주사회로 좀더 성숙시켜 나가면서 북한 주민들에게 우리를, 우리 사회를 그들이 함께 하고픈 체제로 인식시켜 나가는 것이다. 성숙된 우리 사회를 그들이 느낄 수 있도록 하여 그들이 우리와 함께 하려는 마음을 열어가게 하는 것이다.'

　전적으로 동감이다. 그런 통일 정책을 구현하기 위해서는 상호주의 정책을 펴야 할 것이다. 외교의 기본인 '주고받기식 거래(give-and-take deals)'를 해야 한다는 말이다. 지난날에 서독도 동독을 지원하는 대신에 동독이 개방과 개혁을 하도록 함으로써 통일을 이룩하지 않았는가.

참여 정부가 추구하고 있는 햇볕 정책 곧 북한에 대한 일방적인 경제 지원과 협력은 국민의 정부 때부터 추진된 대북한 정책이다. 홍순영 전 통일부 장관은 2007년 5월 〈외교〉 제81호에「아시아 속의 한국 외교」라는 표제로 논문을 썼는데, 그 글에 이런 말이 있다.

'햇볕 정책은 평화공존을 지향하는 것이며 북한의 개방과 개혁 그리고 경제개발을 도와 남북한 간의 경제공동체를 지향하는 정책이다. 평화공존을 거부하는 핵개발의 위협에 대하여는 단호한 거부의 신호를 보내야 하는 것이다. 햇볕 정책은 평화를 구걸하기 위한 것이 아니었다. 그것은 자유롭고 번영하는 통일한국을 지향하여 북한을 도와준다는 제의이다. 평양이 핵무기를 폐기하면 그 제의는 살아 있을 것이다. 햇볕 정책은 우리의 가치관에 입각한 온당한 제안이었다.'

햇볕 정책이란, 『이솝 우화(Aesop's Fables)』에 나오는 「바람과 해님(The Wind and the Sun)」에서 유래된 것이다. 햇볕 정책을 「바람과 해님」 우화의 따뜻한 햇볕에 비유하는 것은 단순한 생각이다.

북한의 입장에서 본다면, 남한의 경제 지원과 협력은 김정일

체제를 위협하는 무서운 강풍이다. 일방적인 포용 정책은 북한을
자꾸 체제 강화의 길로 나가게 할 것이다.

(2008. 2)

종묘공원의 봄

어느 봄날 오후에 종묘공원 문을 들어섰다. 무자년 봄 들어 처음이다. 가벼운 양복을 걸친 노인들이 비닐 돗자리를 땅바닥에 펴고 앉아서 바둑과 장기를 두고 있다. 여자 노인도 섞여 있다.

나는 새싹이 돋아난 나무들 아래 있는 의자에 앉았다. 옆에 앉은 남자 노인이 어디서 왔느냐고 묻는다. 한강대교 너머 동네에 산다고 하였다. 노인은 열차를 타고 천안에서 왔다고 하였다. 얼굴에 검버섯이 피었다.

옆 노인과 이야기를 하는데, 남녀 대학생 두 사람이 앞에 와서 "할아버지 안녕하세요?" 하고 인사한다. 그들은 구비 문학 답사를 나왔다고 하였다. 목소리가 싱그럽고 키도 훤칠하게 크다.

노인이 그들에게 "학생들은 '효'가 뭔지를 아나?" 하고 물었다. 남학생이 "알구 말구요. 그건 왜 물으세요?" 하고 말한다. 노인이

"효불효교(孝不孝橋)라는 말은 들어 보았나?" 하자, 여학생은 "처음 듣는 말이에요. 호기심이 생기네요!" 하며 수첩과 볼펜을 꺼내 든다. 노인이 말을 이었다.

 "경주 인왕동에 있는 남천이라는 내에 다리 터가 있네. '효불효교'라는 징검다리 터지. 신라 때에 한 과부가 아들 일곱을 데리고 살았다네. 과부는 내 건너 동쪽 마을에 사는 홀아비와 정이 들어, 밤마다 내를 건너서 정부와 지내고는 새벽에 돌아왔다네. 아들들은 모친을 위해 내에 징검다리를 놓았다네. 어머니는 뉘우치고 다시는 내를 건너가지 않았다는구먼. 어머니에겐 효도의 다리이나 죽은 아버지에겐 불효의 다리인지라 사람들은 '효불효교'라고 불렀다네."

 노인이 "자네들이 그 과부 자녀였더라면 어떻게 했겠나?" 하고 질문을 던진다. 학생들은 얼굴을 마주 보며 "대답하기 어렵다." 하고는 웃으면서 노인들 사이로 사라졌다. 노인은 나에게 '효불효교의 전설'은 자기가 제일 좋아하는 민화라고 하였다. 그 분의 효 홍보가 고맙게 느껴졌다.

 노인은 이르기를 "일전에 이웃 탑골공원엘 갔더니 어떤 젊은 부부가 어린애 생일에 집에서 만든 떡이라고 하며 송편을 주길래 받았지. 혼자서 먹으려고 허니 손자 생각이 나데요." 하였다. 종묘공원에는 노인들이 많아서 그런 젊은이들이 안 온다는 것이다.

 노인에게 건강하게 사시라고 말하고 종묘의 정전(正殿) 입구에 다다랐다. 피부색이 하얀 외국인 관광객들이 사진을 찍고 있었다. 말을 걸려고 하자 정전 안으로 들어가 버린다. 어떤 외국인이 종묘공원은 남자 노인들만 모이는 데냐고 묻던 일이 생각난다. 남향으로 자리 잡고 있는 정전은 우리 나라에서 제일 긴 단일 목조 건물이며 유네스코 '세계문화유산'으로 등록된 사적이다.

산수유꽃 너머 저쪽 통로변에서 남자들의 함성이 들려 온다. 윷 노는 소리가 나는 데로 발걸음을 옮겼다. 노인들이 윷판을 둘러싸고 있어서 틈새로 윷놀이를 구경하였다. 놀이꾼들이 멍석 위에서 신나게 윷을 논다. 윷이나 모가 나면 크게 소리를 지른다. 말을 잡으면 윷판을 돌며 어깨춤을 덩실덩실 추었다. 훈수꾼들은 주머니가 두둑한지 돈내기를 한다.

창경궁길 쪽에 있는 '삼봉 정도전 시비(三峯鄭道傳詩碑)'를 찾았다. 공원을 방문하면 꼭 둘러보는 곳이다. 시의 제목이 「진신도팔경시(進新都八景詩)」이다. 서울 정도 600주년을 기념하기 위해 서울특별시가 1995년에 세운 시비이다. 세로로 길게 음각된 시 속에는 '위정재어족식(爲政在於足食)'이라는 말이 있다. 시비 하단에 '정치란 의식의 넉넉함에 있다네'라고 옮겨 놓았다. 공직자들이 목민 정신(牧民精神)으로 삼아야 할 것이다.

『논어』의 안연편(顔淵編)에 보면, '자공문정 자왈 족식 족병 민신지의(子貢問政 子曰 足食 足兵 民信之矣)'라는 말이 나온다. '자공이 정치에 대해 물어 보았더니, 공자께서 말씀하시기를 족식(足食) 족병

(足兵) 그리고 백성의 신뢰[民信]라고 하였다'는 뜻이다. 공자는 셋 중에 하나를 버린다면 "병을 버리라[去兵]"고 말씀하셨다. 나머지 둘 중에 하나를 버린다면 "식을 버려야 한다[去食]"고 하셨다. 백성의 신뢰를 으뜸으로 쳤던 것이다.

삼봉은 공양왕 4년(1392) 7월에 개성에서 이성계(李成桂)를 왕으로 추대함으로써 조선 건국의 일등 공신이 되었다. 성균관에서 이색(李穡)으로부터 전수받은 새로운 학문인 성리학을 나라의 통치 이념으로 삼았다. 서울을 새 수도로 정하고 궁궐과 종묘의 터를 잡았으며 궁궐과 전각과 8대문의 이름도 손수 지었다. 우리나라 최초의 법전인 『조선경국전(朝鮮經國典)』도 저술하였다. 그는 왕자의 난 때에 죽임을 당하였다.

편의점 앞에 서자 노인들이 자판기에 동전을 넣고 커피를 꺼내 마신다. 한 컵에 300원이니까 종로3가역에서 파는 커피보다 싼 것이다. 종묘공원에 오는 노인들 중에는 점심을 못 먹는 이들도 있다. 다른 노인들이 밥을 사 주거나 용돈을 그들의 호주머니에 넣어 준다.

봄 해가 빌딩 너머로 질 무렵에 종묘공원 출구를 나왔다. 어떤 남자가 보도에 비치 파라솔을 설치해 놓고 들어앉아 전을 벌이고 있다. 마른 약초와 지네 따위를 늘어놓고 노인들에게 명약이라고 소개한다. 구수한 입담이 좋았다.

(2008 봄)

노량진우체국

사육신공원 앞 큰길의 오른쪽 보도를 따라 한강대교 쪽으로 가
다 보면 노량진우체국이 있다. 그 우체국은 철근 콘크리트 2층
건물이다.

나는 40여 년 동안 서쪽 인근 마을에 살면서 우체국에 드나들었
다. 우체국 사무실은 여러 차례의 수리와 인사 이동이 있었다.
올해 가을에는 직원이 한 사람 늘었다.

내가 시골에서 읍내에 있는 국민학교에 다니던 시절이었다. 길
은 비포장 신작로이고 거리가 십리 반이 되었으며 걸어서 한 시간
반쯤이 걸렸다.

어느 화창한 봄날이었다. 그날 아침도 나는 책가방을 메고 동네
길로 해서 신작로로 나섰다. 양쪽 도로변에 일정한 간격으로 섰는

포플러 가로수를 세며 걸었다.

길가에 있는 외딴 초가집 앞에 이르자, 그 집 주인이 나타나 나에게 편지를 주고 부쳐 달라고 하였다. 나는 편지를 가방 안에 넣고 학교에 갔다. 공부가 끝나고 집으로 돌아오는 길에 가까운 우편국에 들러서 편지를 부쳤다. 그 당시 우체국을 우편국이라 하였다.

외딴 초가집 근처에 오니 아저씨가 집 앞에 서 있었다. 나를 보자 우표를 잘 붙였느냐고 물었다. 잘 붙였다고 말했더니, 봉투 앞쪽에 우표를 틀림없이 붙였느냐고 되묻는 것이었다. 봉투 뒤쪽에 우표를 붙였으면, 편지가 되돌아온다고 하였다.

우표를 잘 붙였다고 재차 말했으나 마음이 불안하였다. 편지 봉투에 우표를 확실히 붙였지만, 앞쪽인지 뒤쪽인지 기억할 수 없었다. 아마도 봉투 앞쪽에 붙였을 것이다. 편지가 초가집 주인에게 돌아오면 어떻게 하나 하고 여러 날 동안 걱정하였다.

옛날 편지 봉투는 세로가 길고 가로가 좁았다. 앞쪽에는 편지를 받는 사람의 주소와 성명을 썼으며 뒤쪽에는 발신인의 주소와 성명을 적었다. 우표를 뒤쪽에 붙였다면, 편지가 되돌아올지도 모를 일이었다.

세월이 흘러 내가 시내에 있는 중학교에 다니게 되었다. 우리 동네 너머 외딴집에서 시내 우편국에 다니는 아저씨가 있었다. 동네 중학생들이 학교를 갈 때면 신작로에서 자주 만났다. 마음이

자상한 분이었다.

어느 여름날 아침이었다. 우리 동네 중학생들이 신작로에서 아저씨를 만났다. 우리들은 도로변의 포플러 가로수를 세기도 하고 매미 소리를 듣기도 하며 시내 어귀까지 아저씨의 뒤를 따라 걸었다.

그날은 아저씨가 우리들에게 글을 모르는 시골 노인들 대신 편지를 써서 우편국에 가지고 가 부치는 일이 그렇게도 즐거울 수가 없었다고 말했다. 나는 장래에 우편 배달부가 되고 싶었다.

볕 좋은 어느 가을날 오후, 나는『소렌토 아리랑』이라는 저서의 증정본을 봉투에 넣어서, 노량진우체국에 가지고 갔다. 문학 동호인들에게 우송하기 위해 우표를 사서 봉투에 붙였다. 그러자 신임 여직원이 저자냐고 물으며 책 한 권을 사겠다고 하였다. 나는 저서가 서점에 나와 있다고 알렸다.

그 다음날도 저서를 노량진우체국에 가지고 가서 문우들에게 우편으로 부쳤다. 신임 여직원에게 한 권을 선사했더니, 책값을 기어코 내겠다고 하기에 의견에 따랐다. 그 여직원이 내 책을 제일 먼저 산 것이었다.

이 책은 내가 관직을 퇴직한 후에 쓴 에세이들을 모은 것이다. 책으로 출판하는 데에 10여 년이 걸렸다. 티끌 모아 태산이라는 격언을 실천한 셈이다. 아내가 교정을 보았으며 큰아들이 표지

그림을 그렸다.

노량진우체국에서 친지들에게 책을 부치던 어느 날, 신임 여직
원이 나에게 저서에 틀린 말이 있다고 알려 주었다. 작품「목화」
에 나오는 '작은 토끼풀'은 '괭이밥'으로 고쳐야 한다고 말하였다.

(2008. 3)

3. 종각역의 금붕어

팥죽 귀신

문자향 서권기

종각역의 금붕어

내 문학의 고향

I Love Korea!

동대문시장

팥죽 귀신

팥죽 귀신은 내가 어렸을 때의 별명이다. 나는 팥죽이라면 며칠을 두고 먹어도 물리지 않았다. 밥보다 팥죽을 좋아했던 것이다.

우리 나라 「달타령」에 '십일월에 뜨는 달은 동지 팥죽을 먹는 달'이라는 말이 있다. 우리 집은 동지뿐만 아니라 겨울철에는 팥죽을 자주 쑤어 먹었다. 어머니는 팥죽 쑤는 솜씨가 좋았다.

오늘 저녁은 아내와 함께 전철을 타고 종로5가역에 내려서 오른쪽에 있는 동대문시장으로 종로식당이라는 팥죽집을 찾아갔다. 팥죽집에는 남녀 노인들 칠팔 명이 봄옷 차림을 하고 의자에 앉아 팥죽을 먹고 있다. 녹두전과 함께 먹는 이도 있고 참이슬 소주를 들며 먹는 이도 있다.

우리는 팥죽과 녹두전을 시켰다. 우리의 단골 식단인 것이다. 아주머니 하나가 김치와 양념간장을 테이블 위에 갖다 놓고 나서 새알

심이 들어 있는 팥죽 두 그릇을 가져온다. 아내와 최근에 친구들이 손자 본 이야기를 하며 팥죽을 들다 보니 어느새 그릇이 비었다.

팥죽은 독서 생활에 알맞은 음식이다. 다시 말해서 책을 보는 이들에게 간식으로 제격이다. 겨울 밤에 독서를 하다가 배가 출출해 올 때에는 밤참으로 먹으면 꿀맛이다. 팥죽을 먹으며 밤새도록 읽었던 세 권의 책을 소개하면 다음과 같다.

내가 시골에서 시내에 있는 중학교에 다니던 시절이었다. 어느 동짓날 밤, 건넌방에서 이효석이 지은 『메밀꽃 필 무렵』을 읽게 되었다. 밤이 깊은 줄도 모르고 소설을 읽는데, 어머니가 팥죽을 들고 들어 왔다. 팥죽을 먹으며 소설을 읽었다.

그 소설의 압권은 허 생원이 어느 물방앗간에서 생애에 딱 한 번 맺은 어느 처녀와의 정사를 조 선달에게 들려주며 장사 보따리를 실은 나귀를 몰고 대화장을 향해 산길을 걷는 정경일 것이다. 그 내용은 이렇다. '산허리는 온통 메밀밭이어서 피기 시작한 꽃이 소금을 뿌린 듯이 흐뭇한 달빛에 숨이 막힐 지경이다.'

중학교를 졸업하고 고등학교로 진학을 하게 되었다. 어느 겨울 날 밤, 사랑방에서 톨스토이가 지은 『부활(復活)』이라는 소설을 읽었다. 밤이 깊도록 글을 읽는데 어머니가 팥죽을 갖다 주었다. 구수한 팥죽을 먹고 새벽까지 읽었다.

주인공 카츄샤는 주인집의 아들인 네플류도프에게 농락을 당하고 윤락의 길에 빠진다. 한 손님이 카츄샤가 수면제로 알고 먹인 약 때문에 죽자, 그녀는 살인 혐의 피고인으로 법정에 선다. 배심원 중에는 네플류도프가 있다. 그가 무죄를 주장하지만 카추샤는 시베리아 유형을 언도받는다. 네플류도프는 유형지로 그녀를 따라간다.

그 해 겨울 나는 팥죽을 먹으며 『부활』을 몇 번이고 읽었다. 처음 읽었을 때에는 카츄샤를 농락한 네플류도프가 밉기만 했는데, 여러 번 읽고 나서 그가 카츄샤를 따라 시베리아로 가는 심정을 알게 되었다. 책의 제목이 종교적이라는 인상을 받았지만.

그 시절에 읽은 책들 중에 『生活의 發見』이라는 생활 철학서가 있다. 임어당(林語堂)이 1937년에 미국에서 발간한 『The Importance of Living』을 번역한 것이다. 작자는 저서에서 '인생은 한 편의 시(Human Life a Poem)'라고 설파하고 있다.

후일담이지만 서울서 대학에 다니던 시절에는 광화문에 있는 영어 서적 전문점에서 『生活의 發見』의 원서를 사서 읽었다. 공직에 있을 때에 영어 문서 작성에 도움이 되었다. 공직을 접은 후에는 중국어판 『生活的藝術』을 구해 읽었다.

우리는 뒷맛이 구수함을 느끼며 팥죽집을 나와 종로5가역으로 발길을 옮겼다. 종로식당에서 팥죽을 쑤고 있던 할머니의 모습에 어머니 얼굴이 겹친다. (2008. 3)

문자향 서권기

오늘 아침에는 눈을 떴더니 '文字香 書卷氣'라는 말이 눈에 번쩍 띄었다. 정도준(鄭道準) 서예가가 1999년 10월 22일 〈한국수필〉 백호 기념으로 백자 필통에 쓴 글씨이다. 이 글씨가 수필의 요체로구나!

나는 조경희(趙敬姬) 선생님에게서 그 백자 필통을 선물로 받았다. 책상 위에 놓고 완상하였다. 한국수필가협회 이사장인 조경희 원로 수필가는 서울시청 뒤편 무교동에 있는 원창빌딩 701호실에서 〈한국수필〉을 발행하고 있었다.

그 백자 필통을 받았을 때에 몸통에 쓰여 있는 글씨는 서예 예술의 덕목인 줄로만 알았다. 그 문자가 수필 문학의 덕목도 된다는 것을 깨달으니 마음이 그렇게도 상쾌할 수가 없다. 조경희 님의 가르침을 터득하는 데 10여 년이 걸린 것이다. 수필이 그런 것이구나!

나는 1995년부터 수필 공부를 하였다. 지난해인 2007년 가을에는 『소렌토 아리랑』이라는 에세이집을 출간하였다. 그 책을 세상에 낸 것은 '문자향 서권기'라는 덕목을 체득하는 과정이었던 것이다. 내가 갈고 닦은 덕목의 내용은 무얼까.

흔히들 '수필이란 붓 가는 대로 쓰는 글'이라고 한다. 그 말은 낱말 풀이에 지나지 않는다고 본다. 수필가는 자기 나름의 수필 개념을 갖고 있어야 한다고 생각한다. 나의 수필관은 이렇다.

수필이란 필자가 느낀 정서를 배경으로 하여 자신이 쓰고자 하는 주제를 기승전결의 순서로 쓰는 글이다. 소재를 만나 감동을 받은 이야기로 서두를 시작한다. 첫머리에 서론을 쓰는 것은 글의 선명성을 해친다.

글을 쓰려면 국어의 특질부터 알아야 한다. 우리글은 주어를 흔히 생략하는 서술어 중심 구조로 된 글이다. 주어를 생략해서 쓰다 보면 주어가 분명하지 않은 문장을 쓰기 쉽다. 글에 주어가 분명하지 않으면 외국어로 옮길 때에 오역하기 쉽다.

작품에 보면, 주어인 '나'를 나타내는 말이 글의 첫머리에 있는 것, 중간에 있는 것, 끝 부분에 있는 것, 씌어 있지 않는 것이 있다. 수필에는 '나'를 나타내는 말이 적당한 곳에 들어가야 한다고 생각한다. 아래 예문은 필자의 수필 「소문만복래」의 첫머리이다.

　내가 읽은 한국 유머에 관한 책에는 웃는 집에 복이 온다는 뜻의 ‘소문 만복래(笑門萬福來)’라는 성어가 많다. 마음도 웃고[心笑], 온몸도 웃는 [身笑] 웃음이라면 복을 받을 만하겠다.

　수필은 공감이 목적인 글이다. 삶의 체취가 배어 있는 수필을 쓰려면 묘사문으로 써야 한다. 묘사문의 주어에는 주격 조사를 쓴다. 설명문으로 쓰면 해석만 있고 형상화가 없는 관념적인 글이 되고 만다. 설명문의 주어에는 보조사를 쓴다.

　부인이 청아한 목소리로 부르는 ‘아리랑’은 그늘이 있는 사랑의 소리요 간절한 소망의 유로(流露)였다. 그리로 다가가 아이를 가수로 길러 볼 생 각은 없느냐고 했더니, 그녀는 눈물을 짓는다.

　필자의 작품 「아우라지를 찾아서」의 원고에 나오는 글이다. 퇴 고할 때에 ‘가수로 길러 볼 생각은 없느냐고’는 ‘가수로 길러 보라 고’로 고치고 ‘그녀는’은 삭제하였다.
　나는 문장을 연결하는 방법이 서툴러서 수필을 쓰는 데 애를 먹었다. 단락을 연결하는 방법도 서툴렀다. 접속 부사 ‘그리고’, ‘그러나’, ‘그래서’ 따위를 잘못 쓰면 문장이 약해진다.

일상 생활도, 독서도, 여행도, 풀 한 포기 새 한 마리조차도 작가에게는 문학의 소재가 됩니다. 그리고 삶의 모든 것이 글을 쓰기 위한 행위입니다. 이 책의 글들은 단순한 관념적인 글이 아니고, 직접 체험하고 세밀히 관찰한 살아 있는 글입니다.

위의 글은 『소렌토 아리랑』의 표지에 실린 안내문의 초안이다. 퇴고할 때에 '그리고'는 삭제하였다.

수필 문장은 소박해야 감동을 준다. 문장에 감동을 주기 위해 '매우', '대단히' 같은 강조의 부사를 쓰는 것은 올바른 기법이 아니다. 소박한 문장이 좋은 글이다.

나는 이국 땅에 묻힌 선열과 동포들의 무덤에 대하여도 골똘히 생각하여 보았다. 이국 땅에 묻힌 그들은 무덤이라도 있는지. 묘비가 있다면 어떤 글을 남기고 있는지.

필자의 수필 「서울외국인묘지공원」의 초고에 나오는 글이다. 교정을 볼 때에 '골똘히'는 삭제하였다.

봄기운이 완연한 오늘 아침에는 백자 필통 덕분에 '文字香 書卷氣'의 참뜻을 알게 되었다.

(2008. 4)

종각역의 금붕어

날씨가 화창한 어느 봄날, 나는 마을 역에서 청량리행 열차를
타고 가다가 종각역에서 내렸다. 신문에 난 신간 안내를 보고 점
찍어 놓은 책을 사러 가는 길이다.

위층으로 올라가 출구로 나가니, 보도 모퉁이에 설치된 커다란
유리 어항에 금붕어들이 보였다. 종각역에서 기르는 금붕어들이
다. 어항 하나에는 몸이 희고 지느러미가 빨간 금붕어들이 있고,
다른 어항에는 온몸이 붉은색인 금붕어들이 있다.

내가 시골에서 국민학교 2학년에 다닐 때였다. 담임 선생은 젊
은 일본인 여선생이었다. 교실에서 자기 테이블 위에 어항을 놓고
금붕어를 길렀다. 온몸이 붉은 금붕어들이었다. 우리들은 금붕어
를 처음 보았다.

그러던 어느 날 국어 시간이었다. 선생님이 칠판 앞에 어항을 갖다 놓고 금붕어가 인형같이 예쁘다고 감탄했다. 장구벌레가 든 물병의 물을 어항에 부었다. 금붕어들은 입을 크게 벌리고 벌레들을 잡아먹었다.

선생님은 「금붕어」라는 제목으로 글을 써 보라고 말하였다. 우리들은 선생님이 나눠 준 종이에 일본어로 글을 지었다. 처음으로 작문을 하는 것이었다. 글짓기가 재미있었다.

두어 달이 지난 어느 날 국어 시간이었다. 선생님이 신문 하나를 갖고 와서 「금붕어」라는 제목의 글이 났다고 하면서 읽어 주었다. 그 글은 학급 반장이 쓴 작문이었다. 우리들은 반장의 글이 신문에 났다는 말에 감동하였다. 모두가 그에게 큰 박수를 보냈다.

선생님은 '금붕어들에게 잡혀 먹히는 장구벌레가 불쌍해 보였다'는 말로 읽기를 마쳤다. 우리들은 글의 마무리가 잘 되었다고 생각하였다. 장구벌레가 모기의 애벌레라는 것을 알았다면, 반장은 그와 반대되는 표현을 썼을 지도 몰랐다.

어느덧 4월도 하순에 접어들었다. 평소처럼 운동복을 입고 대문을 나섰다. 내가 아침 식전 운동을 하는 곳은 마을 앞 큰길 건너편에 있는 사육신공원이다. 오름길을 걸어 올라가니 쉼터 변두리에 철쭉꽃이 흐드러지게 피었다. 한강을 바라보며 맨손 체조를 하였다.

체조가 끝나자 주위 마당을 걸었다. 관리사무소 뒤쪽에서 여자들의 목소리가 들려 오기에 그쪽으로 발길을 돌렸다. 신록을 배경으로 하여 붉은색 운동복을 입고 소리를 지르며 배드민턴을 치는 할머니들의 모습이 금붕어 같았다. 노인들이 밝고 활기차 보인다.

같은 또래인 그들에게 오늘 하루도 건강하시라고 인사하였다. 한 할머니가 종이컵에 커피를 따라 준다. 어제 아침에는 할머니들이 안 보이더라고 했더니, 자기네는 일요일에 쉰다는 것이었다. 노인들의 목소리는 나이에 비해 젊은 편이다.

계절의 여왕인 5월이 되었다. 한동안 종각역에 안 갔더니 역내에 있는 금붕어가 보고 싶었다. 이번 일요일에는 종각역에 가서 금붕어들도 보고 문고에도 들러야겠다.

(2008 봄)

내 문학의 고향

백미문학(白眉文學)이란 백미문학회가 여름에 펴내는 동인지 이름이다. 이 동아리는 1994년 갑술년 2월 4일 저녁 서울 정동에 있는 세실레스토랑에서 첫 모임을 가졌다. 참석한 회원은 10명이었다. 이듬해부터 해마다 동인지를 발간하였다.

나의 문필 활동은 동인지에 작품을 게재함으로써 시작되었다. 그러니까 1995년 6월 〈白眉文學〉 창간호에 실은 「벼」라는 수필이 처녀 작품이다. 콩트같이 쓴 그 글이 세상에 나왔을 때의 감격을 잊을 수 없다. 회장인 심영구 원로 수필가가 붓글씨로 제목을 쓴 창간호에는 동인 19명이 시와 수필을 발표하였다. 책의 제목은 김지상 수필가가 지었다.

심영구 회장은 같은 해 늦여름 회원들을 고향인 경기도 양평군 세월리에 있는 세심정사(洗心精舍)라는 별장에 초대하고 이효석의

「메밀꽃 필 무렵」 같은 문학의 백미를 창조해 내야 한다고 격려하였다. 심영구 님이 소설의 주인공 허 생원의 성품을 닮았다면, 나는 보조역인 동이의 이미지에 걸맞을 것이라고 생각하였다. 김지상 님은 훗날 제2대 회장직을 맡는다.

그 해 가을 어느 날 저녁에 심영구 회장은 중구 코리아나호텔 뒤편에 있는 오양씨푸드에서 회원들에게 『공자도 뭘 몰랐다』라는 저서를 나눠 주었다. 회장은 서문에서 '잊혀져가는 전고를 통해 조금이라도 인본을 생각하는 인성 교육의 계기가 되었으면 하는 필자의 간절한 소망에서다'라고 저서의 목적을 설하고 있다. 그 책 외에도 『물 아래 뜬 달』을 비롯하여 많은 수필집을 출간하였다.

김지상 수필가는 1996년 5월에 『해바라기의 微笑』, 『해바라기의 歡喜』, 『거울속의 해바라기』라는 수필집을 한꺼번에 발간하였다. 어느 화창한 날 서대문 문화체육회관에서 조경희 원로 수필가를 모시고 성대한 출판 기념회를 열었다. 내가 문인의 출판 기념회에 참가하기는 처음이었다. 초등학교 교사 시절의 제자들 모습을 실감나게 표현하고 있는 글들은 나를 순수한 어린 시절로 돌아가게 해 주었다.

동인지 제2집이 그 해 여름에 발간되었다. 제 2집에는 동인 21명이 시와 수필과 동화를 실었다. 동인들의 신간도 소개되었다. 나는 「초가 그림 이야기」라는 수필을 냈다. 어느 날 회원들이 코리아나호텔 뒤쪽의 단골 오양씨푸드에 모여 저녁를 먹으며 작품들을 감상하였다. 그들은 나에게 늦깎이라고 하였다.

나는 1998년 12월에 조경희 원로 수필가가 발간하는 〈한국수필〉을 통해 등단함으로써 수필가가 되었다. 심영구 회장이 작품을 쓰라고 나를 다그쳤던 것이다. 등단 작품 2편은 「무궁화 전시회를 찾아서」와 「까치 소리」이다. 내가 수필가가 된 것은 회원들에게 글을 배우고 동인지에 작품을 발표함으로써 다져진 필력의 덕분이라고 생각되었다.

동아리의 창립 회원 중에 오양수 시인이 있다. 시집 『당신은 나의 바람』과 시조집 『몇 시냐고 묻지 마오』를 비롯하여 작품집 여러 권을 출간하였다. 동인지인 〈白眉文學〉 제7집이 나오던 해 가을 어느 날, 회원들이 참치집인 오양씨푸드에서 저녁 식사를 할 때에 오양수 님은 동인들에 대해 쓴 글이라고 하면서 참석자들에게 시조를 한 수씩 나누어 주었다. 나에 대해 쓴 시조의 내용은 이렇다.

이지러져 차오르는 것이 달뿐이랴만

경대 앞에 앉아 자화상 바라보니

구겨진 주름살에 영욕이 교차하는구나

박상주 수필가는 2002년 봄에 『비상을 꿈꾸며』라는 수필집을 출판하였다. 훗날 제3대 회장을 하게 되는 박상주 님은, 교장 퇴임을 앞둔 어느 봄날 성북구에 있는 숭례초등학교 강당에서 부군을 모시고 출판 기념회를 가졌는데, 축하객들은 그 흐뭇한 광경에 감명을 받았다. 작가는 혼신을 다 바친 교직 생활과 일상을 떠나 자연을 즐기던 순간들을 책에 적고 있다.

동아리의 창립 회원이요 『시간의 방 혼자 남다』 외 2권의 에세이집을 낸 권남희 수필가는, 2006년 초가을에 서울 중구구민회관에서 새한국문학회가 주는 문학상을 받았다. 권남희 님의 「수필은 김밥이다」라는 작품 속에는 "누군가 수필집을 잘 읽었다는 인사를 건네 오면서 '받은 날 단숨에 읽었다'고 했을 때 나는 문득 김밥을 떠올렸다."는 문장이 있다. 내가 좋아하는 말이다.

동인지의 원고 담당자인 김혜숙 수필가는 동아리의 창립 회원이다. 김혜숙 님은 2007년 10월 초에 『나는 늘 여행을 꿈꾼다』, 『지금도 나는 초록빛으로 산다』, 『인연의 굴레 사랑의 고리』 세 권을 내고 남산에 있는 '문학의 집'에서 출판 기념회를 가졌다. 부군과 해외 여행을 다니며 수필을 쓰는 작가가 부럽기 그지없다.

나는 같은 해 10월 중순에 『소렌토 아리랑』이라는 처녀 에세이집을 출판하였다. 글을 쓴 동기는 첫째로 곱게 늙기 위함이고 둘째로 공무원 생활의 낙수들을 글로 남기고 싶었기 때문이었다. 내 문학의 고향인 〈白眉文學〉의 동인들에게서 큰 환영을 받았다. 원로 문인들과 문학 평론가들과 친구들의 축하도 받았다.

겨울이 가고 봄이 되었다. 서울 노량진에 있는 우리 집 서재에
서 동인지 제14집에 실을 글을 쓰노라니 심영구 님이 생각난다.
나의 에세이집도 보지 못하고 2005년 을유년 12월 14일 밤에 서
울아산병원에서 세상을 하직하고, 고향인 경기도 양평군 세월리
에 유택을 마련하신 문우여! 깊은 존경과 애도를 표합니다.

(2008. 4)

I Love Korea!

이 글의 제목은 한림출판사(Hollym)에서 펴낸 책의 이름이다. 저자는 안드류 남 박사(Andrew C. Nahm, Ph.D.), 존스 박사(B. J. Jones, Ph.D.) 그리고 이기은(Gi-eun Lee) 님이다. 책의 이름이 귀엽다.

나는 5년 전에 종각역 근처에 있는 영풍문고에서 그 책을 샀다. 책의 내용인즉 「Arirang」, 「The National Anthem」, 「National Flag / National Flower / National Anthem」, 「Seoul, Korea's Capital for 600 Years」, 「Korea, a Poem by Tagore」 들을 실었다. 경축일 특히 우방의 국경일에 보내는 축하문을 작성하는 데 활용할 수 있다.

지난 2007년 1월 미국 뉴욕 주에 있는 뉴욕 주립 대학교에서 전자 공학 교수로 있는 둘째 아들이, 초등학교 2학년인 손녀를 데리고 서울 노량진에 있는 집에 왔을 때에, 나는 『I Love Korea!』를 사서 손녀에게 선물하였다. 손녀는 서울 방문이 처음이다.

같은 해 가을에 나는 『소렌토 아리랑』이라는 에세이집을 출판하였다. 『I Love Korea!』를 가지고 영작 공부를 한 보람이 있었는지 「소렌토 아리랑」은 「The Song of Sorrento Arirang」으로, 「휴전선은 살아 있다」는 「The Truce Line Is Alive」로 영역하기에 이르렀다.

이듬해인 2008년 5월 어느 날 내가 조간 신문을 보니 「부처님 오신날 실수」라는 제목으로 '청와대가 착오로 12일 부처님 오신날에 맞춰 전국 주요 사찰에 대통령 명의의 축전을 보내지 못한 것으로 알려졌다'는 기사가 났다. 나는 '착오'라는 말에 놀랐다.

다음날 신문에는 '청와대는 9일 주요 사찰에 축전을 보냈으며 (발송 직후가 연휴라) 일부 사찰에 늦게 도착했지만 축전 발송을 취소했다는 기사는 사실이 아니라고 말하였다'는 보도가 있었다. 나는 또 '늦게'라는 말에 놀랐다.

나는 1968년에 버마 주재 총영사관에 근무할 때의 일이 생각났다. 버마란 미얀마의 옛 이름이다. 그 당시 공관에서 정무와 의전 업무을 맡고 있었다. 버마 국경일에는 그 나라와 국교를 맺고 있는 나라가 국가 원수 또는 외상 명의의 축전을 전보나 자국의 공관을 통해 버마 정부에 보냈다. 버마 외무성은 축전을 받은 날짜의 순서로 신문에 냈는데, 미국 정부가 보낸 축전이 맨 앞에 실리는 것이었다.

임기가 끝나자 귀국하여 외무부 의전실에서 축전을 맡아 보게 되었다. 우리 나라와 국교 또는 영사 관계를 맺고 있는 외국의 국경일에는 대통령 또는 외무부 장관 명의의 축전을 재외 공관을 통해 상대국의 국가 원수 또는 외상에게 보냈다. 청와대는 대통령 명의의 축전을 보낼 때에 본문을 영어로 작성하여 외무부 의전실에 보냈고 의전실은 본문에 수신인의 성명을 기입해서 재외 공관에 전했다. 청와대는 대통령 명의의 축전을 작성할 때에 수신인을 쓰는 것은 외무부에 맡겼던 것이다.

내가 버마 신문에 미국 정부의 축전이 제일 먼저 실린 사연을 알게 된 것은 외교안보연구원에 근무하던 시절인 1978년에『외교문서작성법』을 펴냈을 때였다. 버마 주재 미국대사관은 '버마 국경일에는 미국 대통령이 버마 국가 원수에게 전보로 축전을 보낼 예정입니다. 축전이 적시에 도착되지 않을까 염려되어 그 내용을 미리 통지합니다'라는 공문을 버마 국경일 이전에 버마 외무성에 보냈던 것이다.

나는 축전 발송에 관한 신문 기사를 읽고 이런 생각이 들었다. 버마 주재 공관에서 의전을 맡고 있을 때,『I Love Korea!』같은 책이 있었더라면 도움이 컸을 것이다. 외국의 국가 원수에게 축전

을 보낼 때에는 작성자가 수신인의 성명과 본문을 쓴다. 국가 원
수 명의의 축전은 무슨 일이 있어도 수신인에게 적시에 전달되도
록 한다.

(2008 늦봄)

4. 만화천자문

꾀꼬리

만화천자문

생률을 파는 할아버지

책꾸러기

외교백서를 받다

노량진역 앞의 육교

꾀꼬리

나는 꾀꼬리라는 말을 듣기만 해도 즐겁다. 봄철에 '꾀꼴 꾀꼴' 하는 꾀꼬리 울음소리를 듣노라면, 이웃에 그런 소리를 내는 새가 있다는 것이 얼마나 기쁜지 모른다.

오늘 아침에도 나는 도보로 마을 앞 큰길을 건너 사육신공원에 들어섰다. 저만치 서 있는 홍살문을 향해 걸어 올라갔다. 사당 입구를 지나 공원 마당으로 올라왔다. 쉼터 주변에는 활엽수가 울창하다.

등나무 정자 앞에서 한강을 굽어보며 심호흡을 한다. 강 건너편의 고층 아파트 빌딩 위에 솟아 있는 해를 보며 아침 운동을 하였다. 운동이란 내가 국민하교 시절에 교정에서 아침 조회 때 하였던 맨손 체조에 기공 운동 몇 가지를 보탠 것이다.

바로 그때였다. 뒤쪽에서 꾀꼬리가 '꾀꼴 꾀꼴' 우는 소리가 들려 온다. 관리사무소 앞에 우뚝 서 있는 플라타너스 나무들 속에서 나는 소리였다. 그쪽으로 다가가 고개를 쳐들고 넓적한 나뭇잎들을 올려다보자 '아옹' 하는 소리가 들린다. 꾀꼬리 소리가 달랐다.

관리사무소 앞을 지나서 서쪽 계단을 내려가 광장으로 나왔다. 주위는 아름드리 플라타너스와 아카시아로 둘러싸였다. 아카시아꽃 향기를 맡으며 빠른 걸음으로 광장을 돌았다. 등나무 정자 쪽에서 '꾀꼴 꾀꼴' 우는 소리가 크게 들린다.

한강이 보이는 등나무 정자 앞으로 갔다. 남쪽 잣나무 숲에서 '아옹' 하는 소리가 났다. 잣나무 숲에는 사육신(死六臣)의 묘들이 서쪽을 향해 누워 있다. 꾀꼬리는 사육신의 목소리를 재현하는 것임에 틀림없어 보인다.

그들은 함거로 한강변의 새남터로 실려 가면서 절명시(絶命詩)를 지었다. 충신들의 한 사람인 매죽헌(梅竹軒) 성삼문(成三問)은 다음과 같은 오언 절구(五言絶句)의 시를 남겼다.

擊鼓催人命

回頭日欲斜

黃川無一店

今夜宿誰家

북소리는 둥둥 내 목숨을 재촉하네.

고개를 돌려보니 해는 지고 있구나.

황천 길에는 주막도 없다는데,

오늘 밤은 뉘 집에서 쉬어 갈꼬.

춘원(春園) 이광수(李光洙)가 지은 『단종애사(端宗哀史)』에 보면 이런 글이 쓰여 있다. "매월당(梅月堂) 김시습(金時習)은 밤중에 몰래 형장에 잠입하여 표목(標木)에 매달려 있는 수급(首級)을 내려서 망태기에 담아 짊어진다. 한강에 이르자 배를 저어 도강하였다. 노량진 강변의 양지바른 언덕에 묻었다."

등나무 정자 앞마당을 거닐었다. 청매실이 달린 매화나무 밑으로 해서 사육신사당 입구를 지나 홍살문을 향해 걸어 내려갔다. 뒤쪽의 녹음 속에서 '꾀꼴 꾀꼴' 하는 소리가 들려 온다. 뒤를 돌아보니 소리의 주인공이 노란 날개를 펴고 날아간다.

(2008. 5)

만화천자문

　지난 6월 어느 더운 날 오후에 나는 열차 안에서 돈 천 원을 주고 『만화천자문』이라는 소책자를 산 적이 있다. 그렇게 싼 책은 평생에 처음 보았다. 서울시청에 들러 서울 영문 지도를 얻어 가지고 노량진 집에 오는 길이었다.

　오늘 아침은 장맛비가 내리기에 서재에 앉아 『만화천자문』을 펼쳐 들었다. 표지에는 머리를 길게 땋고 바지저고리를 입은 아이들이 『천자문(千字文)』을 읽는 그림이 천연색으로 그려져 있다. 종이에 붓으로 천지(天地)라는 한자를 쓰는 아이도 있고.

　나는 '거칠 황(荒)' 자를 찾아보았다. 그 글자는 '하늘 천(天)' 자로부터 여덟번째에 있다. 한자 풀이에다 우리말 설명과 그림까지 있다. 국민학교 5학년 때에 선생님에게 들었던 이야기가 생각났다. 여름에 교실에서 공부하기가 지루하면 우리들은 선생님에게 옛날 이야기를 청하였다. 선생님은 입담이 좋으셨다.

　옛날에 어떤 선비가 길을 가다가 『천자문』을 들고 오는 노인을 만난다. 선비는 노인에게 『천자문』을 들고 어디를 가느냐고 물었다. 노인은 『천자문』을 가르쳐 줄 훈장을 찾는 중이라고 대답한다. 그 말을 듣고 선비는 자기가 『천자문』을 가르쳐 줄 터이니 집으로 오라고 일렀다. 노인은 선생님을 만나게 되어 기쁘다고 하면서 선비에게 큰절을 올린다.
　선비는 집에 돌아오자, 아내에게 내일부터 노인에게 『천자문』을 가르치게 되었다고 말하였다. 아내는 남편이 큰일을 저질렀다고 걱정을 하였다. 선비가 『천자문』쯤은 가르칠 수 있다고 말하니, 아내는 '하늘 천(天)' 하면 하늘에 관한 것을 전부 가르쳐야 하며 그렇게 하지 못한다면 남편은 죽는다고 말한다. 선비는 무슨 방도가 없느냐고 물었다.
　그 다음날, 선비는 아내의 말에 따라 마을 앞 냇가에 가묘(假墓)를 만들어 놓고 산에 숨어 버렸다. 아내는 한지에 붓으로 '거칠 황(荒)' 자를 써서 안방 벽에 거꾸로 붙여 놓고 머리를 풀고 슬프게 울었다. 『천자문』을 들고 선비 집을 방문한 노인은, 문틈으로 벽에 거꾸로 붙어 있는 '거칠 황(荒)' 자를 보더니 '시체를 냇가에 묻었다'는 뜻임을 알고, 냇가로 가묘를 찾아가서 곡(哭)을 했다고 한다.

나는 『만화천자문』을 훑어보고 영어 설명도 있으면 좋겠다고
생각하였다. 영어를 잘 해야 출세하는 세상이다. 영어는 지구촌
공용의 언어가 아닌가. 우리말 설명도 짧은 글로 바꾸면 어떨까?
『만화천자문』에서는 '하늘 천(天)' 자를,

    天　하늘**천**　　뭉게구름 떠있는 하늘(天)에는 새떼가 날고.

와 같이 풀이하고 있다. 하늘을 주어로 해서 글을 쓰면 좋겠다.
이야기인즉,

    天　하늘**천**　　하늘[天]은 푸르다.
                 The skies are blue.

『만화천자문』에서는 '아침 조(朝)' 자를,

    朝　아침**조**　　아이들은 일어나자마자 아침(朝) 문안을 드린다.

라고 풀이하고 있다. 우리말 설명은 쉬운 글로 바꾸는 게 낫겠다.
다시 말하여,

    朝　아침**조**　　어느 맑은 4월 아침[朝]이었다.
                 It was a bright April morning.

『만화천자문』에서는 '군사 병(兵)' 자를,

    兵　군사**병**　　군사(兵)들은 개를 훈련시켜 군견으로 쓰기도 한다.

로 풀이하고 있다. 우리말 설명은 짧은 글로 바꿨으면 한다. 곧,

兵　군사**병**　　군사[兵] 하나가 손에 총을 들고 달려왔다.
　　　　　　　　A soldier came running with a rifle in his hand.

　내 아이들은 나와 떨어져 미국에서 중학교에 다니던 때가 있었다. 편지로 국어 낱말을 가르쳤는데, 위와 같이 영어로 풀이해서 보냈다.

(2008. 6)

생률을 파는 할아버지

노량진역 남쪽의 보도 육교에는 비치 파라솔을 일년 내내 설치하고 그 밑에서 생률을 비닐 봉지에 넣어 파는 할아버지가 있다. 우리 마을 육교 위에서 장사를 하는 지도 여러 해가 된다.

봄볕이 따듯한 어느 날, 이날도 나는 열차에서 내려 노량진역 2층 출구를 나와 보도 육교로 들어섰다. 육교 입구에서는 할아버지가 비치 파라솔 안쪽에 앉아서 열심히 밤을 까고 있었다.

나는 머리를 숙여 눈인사를 보내며 할아버지 앞을 지나갔다. 여든이 넘어 보이는 노인의 얼굴은 꺼멓고 주름투성이다. 보도 육교 위에서 장사를 하는 상인들 중에서 제일 남루한 옷차림이다. 생률을 팔아서 밥은 먹을 수 있는지 모르겠다.

육교를 내려가 노량진시장에 들어서며 생업이란 무엇인가를 생각해 보았다. 시장에는 돈벌이가 괜찮은 장사도 있다. 직업이란 신성하며 인간은 어떤 직업에 종사해도 평등하다고들 한다. 육교 위에서 생률을 파는 것도 직업이라고 할 수 있을까?

봄비가 내리는 어느 날이었다. 우산을 쓰고 노량진시장 쪽 육교 위로 올라가 건너편 역전에 이르니, 생률을 파는 할아버지가 보이지 않는다. 열차를 타고 종각에 있는 서점에 갔다 오니, 비치 파라솔 안에서 밤을 까고 있지 않은가. 어떤 젊은 여성이 돈 3천 원을 주고 날밤 20개가 든 비닐 봉지 한 개를 받아 드는 모습이 좋아 보인다. 값도 백화점에서 파는 생률보다 싸다.

그 광경을 목격한 나는, 할아버지가 직업의 이데아라는 것을 모방해 보려고 하는 것은 아닌지 모른다고 생각하게 되었다. 이데아가 무엇인지도 모를 터인데 열심히 밤을 까는 모습이 너무나 진지해 보였기 때문이다. 서양 철학의 아버지라 불리는 플라톤에 따르면, 세상은 이데아 세계의 불완전한 복제품일 뿐이라고 하지 않는가.

어느 여름날 오후였다. 노량진시장 쪽 육교 계단을 올라가 역 남쪽의 육교 입구에 이르니, 생률을 파는 할아버지가 비치 파라솔 밑에 앉아 가스 버너로 라면을 끓이고 있다. 점심을 라면으로 때우는 것이었다. 노인 얼굴이 꺼멓고 주름투성이가 된 사연을 알 것 같았다. 문득 팔자 소관이란 말이 떠오른다.

더위가 기승을 부리는 어느 저녁 무렵에 노량진역 2층 출구로 나와 보도 육교 초입에 오니, 등산 가방을 등에 맨 노인들이 생률을 파는 노인 앞에서 자기네끼리 작별의 인사말을 나누고 있었다. 건강하게 오래 살고 있으니 좋다고들 하였다. 그들 뒤에서는 같은 또래의 할아버지가 비치 파라솔 아래서 묵묵히 밤을 까고 있다.

여름이 가고 가을이 되었다. 어느 날 전철에서 내려 노량진역 2층 대합실 출구를 나와 보도 육교로 들어서니, 할아버지가 비치 파라솔을 펴놓고 그 밑에서 밤을 까고 있다. 나는 돈 3천 원을 주고 날밤이 담긴 비닐 봉지 하나를 건네 받았다. 장사가 잘 되느냐고 물었더니 "장사가 잘 되요" 하며 웃는다. 제사에 쓰려고들 산다고 하였다. 할아버지는 20여 년 전에 처와 자식들을 모두 잃었으며 셋방에서 살고 있단다.

어느 날은 아내와 함께 열차에서 내려 노량진역 남쪽의 보도 육교 입구에 이르니, 생률을 파는 할아버지가 비치 파라솔 안에서 신문을 보고 있다. 가만히 엿보니 〈벼룩시장〉이라는 신문을 읽고 있는 것이 아닌가. 신문에는 부동산 시장 정보며 인근 마을 행사 따위 소식이 실려 있다. 할아버지하고 인생 이야기를 나누고 싶었다.

노량진 마을에 눈이 오는 어느 날, 생률을 파는 할아버지가 궁금해서 나는 노량진시장 쪽 보도 육교 위로 올라가 역전의 육교 입구를 찾았다. 진눈깨비가 내리는 데도 노인이 비치 파라솔을 펴고 그 밑에서 부지런히 밤을 까고 있다. 머리에는 털모자를 썼고 손에는 장갑을 끼었으나 추워 보인다. 날밤 한 봉지를 사가지고 발길을 돌렸다.

　겨울비가 내리는 어느 날이었다. 노량진역에서 열차를 내려 역 남쪽의 보도 육교 초입에 도착하니, 생률을 파는 할아버지가 보이지를 않는다. 노인에게 연민의 정을 느끼며 육교를 건넜다.

(2008 여름)

책꾸러기

우리 집 북쪽의 골목을 걸어 내려가 왼편 마을 길로 조금만 가면 책꾸러기라는 도서 대여점이 있다. 주인은 젊은 여성인데 웃기를 잘하고 친절해서 가게에는 고객이 많다.

그 가게에서 빌려 본 책들 중에는 정비석의 『小說 김삿갓』이라는 소설이 있다. 김삿갓의 자재 무애(自在無碍)했던 방랑 생활을 풍류적으로 그린 장편 소설이다. 수필 공부에 도움이 컸다.

내가 고향 동네에서 시내에 있는 고등학교에 다니던 시절이었다. 시내 중심지인 청주 우편국에서 북쪽으로 난 도로를 따라 오 리쯤 걸어가면 방고개가 있었다. 진천으로 가는 길과 증평으로 가는 길로 나뉘는 곳이다.

그 Y자형 도로의 갈림목에는 함석으로 지붕을 인 책방을 차려 놓고 헌 책을 대여해 주는 아저씨가 있었다. 나는 방학 때에 그

가게에서 헌 책을 빌려다 읽었다. 우리 집은 방고개에서 증평 쪽으로 십리쯤 떨어진 곳에 있었다. 주성리에서 살았다.

내가 빌려 본 책들 중에는 심훈의 『영원의 미소』라는 소설이 있었다. 내가 태어나기 한 해 전인 1933년에 조선중앙일보에 연재되었다고 하였다. 서울에서 중학교에 다니던 청년이 학교를 그만두고 고향에 내려가 농사를 지으며 농촌 계몽에 힘쓰는 과정을 그린 작품이었다. 우리 동네 소년들은 그의 야학 운동을 본떠서 활동하였다.

지난해 가을 나는 『소렌토 아리랑』이라는 자전적 에세이집을 출판하였다. 문우와 평론가와 친지들에게 보냈더니 많은 찬사를 보내 왔다. 그래서 독자들의 반응을 보기 위해 에세이집 두 권을 책꾸러기 주인에게 선사하고 도서대에 꽂아 놓으라고 일렀다.

올해 여름 어느 날 나는 책꾸러기에 들러서 『소렌토 아리랑』이 읽히느냐고 물었다. 젊은 주인은 "선생님 멋있어요!" 하고 활짝 웃으며 수필집이 재미있다고 말하였다. 주민들이 즐긴다고 하였다.

오늘 아침은 창 밖에 비가 내린다. 올 장마철에는 서재에 들어앉아 책꾸러기에서 신간 수필집을 빌려다 읽어야겠다. 내 저서도 가게에 더 꽂아 놓아야겠다.

(2008. 6)

외교백서를 받다

올해도 5월에 접어든 어느 날이다. 철제 대문에 달린 편지통을 열어 보니, 『2008년 외교백서』가 들어 있었다. 외교통상부에서 전직 외교관에게 보낸 책이다.

나는 『2008년 외교백서』를 갖고 거실에 들어와, 공관 구성원의 직무에 관한 규정에 개정이 있는지를 살펴보았다. 그러나 개정에 대한 언급이 없다. 지금까지 외교관의 책임에 관한 규정이 없었어도 외교를 수행해 왔기 때문일까.

현행 「외교통상부와 그 소속기관 직제」에 따르면, '재외 공관에는 대사, 총영사 및 영사 등의 공관의 장을 둔다'라고 하고 '영사민원실은 주재국 내 재외 국민의 보호와 지도에 관한 업무를 분장한다'고 규정하고 있다. 공관의 장의 책임에 대한 언급이 없다.

내가 재외 공관의 직제에 관심을 쏟게 된 것은 외무부에 있을 때에 박동순 외교관이 1973년에 쓴 「외무행정 개선에 관하여」라는 논문을 읽은 것이 계기가 되었다. 이 논문으로 그는 '외무 공무원 자질 향상을 위한 논문 제도 최우수상'을 받았다. 외무부 직제에 구성원이 해야 할 임무와 책임이 무엇인지를 명백하게 규정해야 한다는 것이 주요 내용이었다.

그 후 박동순 외교관은 1993년에 『신한국외교체제의 정비·강화』라는 연구서를 발간하여 관심을 가진 분들에게 나눠 주었다. 논문 「외무행정 개선에 관하여」를 보완하고 발전시킨 것이다. 필자는 연구서에서 '외무부와 그 소속기관의 직제에 규정된 것만 가지고서는 누가 어떠한 직무를 수행해야 하는지를 아는 것은 어려운 일이다'라고 설파하고 있다. 직무와 책임에 관한 규정이 뚜렷하지 않다는 것이었다.

오래 전인 2001년 11월 3일 주요 일간지에는 「自國民도 못 챙긴 망신 외교」라는 제목의 기사가 크게 났었다. 그 기사 내용은 이러하였다. 한국인 신 모씨가 1997년 9월에 마약 제조 혐의로 중국 관계 당국에 체포되었다. 하얼빈 시 중급인민법원에 회부되어 사형 선고를 받았다. 헤이룽장 성 고급인민법원에 상소했으나 기각당하였다. 하얼빈 시에서 2001년 9월에 형이 집행되었다.

중국 외교부는 같은 해 10월에 베이징 주재 한국대사관에 한국인 신 모씨는 9월에 인민법원의 판결에 따라 하얼빈 시에서 사형당했다고 알려 왔다. 그러자 외교부는 리빈 주한 중국대사를 외교부로 불러서 중국이 외교적 관례를 무시하고 신 모씨의 처형과 화장 사실은 물론 재판 과정을 알려 주지 않았다고 말하고 처형을 한 경위를 조사해 달라고 요구하였다.

다음날 중국 외교부 대변인은 "베이징 주재 한국대사관에 1심 재판 장소와 일시를 1999년 1월에 고지하였고, 2001년 9월에는 신 모씨의 사형 확정 판결을 선양영사사무소에 보냈다"고 하면서 "한국은 근거 없는 비난을 중지하라"고 반박하였다. 또한 중국 외교부는 주중 한국대사관에 중국 정부가 한국 공관에 보낸 공문을 제시하였다.

외교부는 문서 접수 사실을 시인하였다. 주중 한국대사관 정무 공사를 비롯하여 관련자 5명에게 감봉, 구두 경고, 견책 조치를 했다고 밝혔다. 성실 의무 위반과 직무 태만이 인정된다는 것이었다. 어떤 전직 대사는 「망신외교 再發 대책」이라는 시론을 신문에 싣고, '외교부는 열악한 인력과 시설을 하루속히 보완하고 봉사의 폭을 넓혀 영사 업무의 질을 높여야 한다'라고 역설하였다.

나는 위의 언론 보도와 외교부의 발표를 보고 「외무행정 개선에 관하여」라는 논문을 상기하였다. 그리고 「외교통상부와 그 소속기관 직제」에 '대사, 총영사 및 영사 등의 공관의 장은 재외 국민의 보호에 최우선을 두고 직무를 수행한다'와 같은 규정을 두면 어떨까 싶었다.

(2008. 7)

5. 효자손

재치국

인사동 거리의 화가들

효자손

굴다리시장 장보기

인사동 거리

재치국

오늘 낮에도 7월 무더위가 한창이다. 방안의 온도계가 섭씨 31도를 가리키고 있다. 나는 갑자기 국물이 시원한 재치국이 먹고 싶었다. 아내를 졸라서 집을 나섰다.

아래 골목을 걸어 내려가 큰길인 노량진로로 나섰다. 한강 방향으로 걸어서 본동시장 입구에 이르니, 어제도 있었던 재치국집이 보이지를 않는다. 음식점 창문에는 '폐점'이라는 빨간색 글씨가 쓰여 있었다.

토요일이 돌아왔다. 이날은 아내와 더불어 노량진 전철역에서 열차를 타고 영등포역에서 내렸다. 표파는곳 앞 헌책방으로 가서 책을 둘러보았다. 읽을 만한 것이 눈에 띄지 않는다. 늙음에 관한 책을 찾았다.

우리는 오른쪽에 있는 롯데백화점의 유리문을 밀고 들어갔다.

검은 유니폼을 입은 여성 판매원들이 작설차, 보성녹차, 오미자차, 국화차, 뽕잎차, 이슬차, 유자차 따위를 가리키며 상냥하게 웃어 보인다. 한과 매장을 구경하고 수산 코너 앞에 이르렀다.

진열대에는 바지락살(국산), 재치(국산), 연어(노르웨이산), 꽁치(대만산), 우렁살(해동), 오징어(국산) 들이 놓여 있다. 키가 크고 몸에 하얀 비닐 앞치마를 걸친 남성 판매원에게 재치는 한물가지 않았느냐고 물었다. 재치는 사시 잡혀 납품된다고 한다.

나는 재치가 담긴 스티로폼 접시 하나를 골랐다. 계산대 점원에게 갖다 주고 돈 1,960원을 지불했더니, 비닐 봉지에 담아 주었다. 봉지에는 1.5센티미터 내지 3센티미터 크기의 재치가 65마리가 들어 있다. 물건을 들고 차를 파는 매장 앞을 지나 출구로 향하였다.

집에 오자, 아내는 재치를 씻어서 냄비에 넣은 다음 물을 붓고 끓인다. 재치들이 입을 벌리니 소금으로 간을 맞추고 파와 마늘을 넣었다. 재치국하고 저녁을 먹으니 맛이 담백하였다. 처음 재치국을 해 먹는다.

내가 고등학교 1학년에 진학하던 해이다. 학교를 다닌 지 며칠이 안 되어 육이오 전쟁이 일어났다. 초등학교 교사인 형과 나는 수름재를 떠나고, 부모와 동생들은 고향에 남아 있게 되었다. 남일면을 지나 신탄진역에 다다랐다. 기차 지붕에 올라타고 경상남도 밀양에 도착하였다.

군청에서 직원이 나와 우리들을 어떤 피난민 수용소로 안내하였다. 대나무 울타리로 둘러싸인 밀주국민학교였다. 한 달쯤 있다가 피난민들의 뒤를 따라 도보로 부산에 당도하였다. 부산에서는 어느 창고에 기거하였다. 밤에는 담요를 덮고 고향을 그리며 잠을 잤다. 새벽이면 아주머니들의 "재치국 사이소!" 소리가 다정하게 들렸다.

올해 1월 하순 어느 날이었다. 나는 백미문학 문우들과 함께 섬진강 상류 덕치초등학교로 『콩, 너는 죽었다』의 저자인 김용택 시인을 찾아가 강의를 듣고, 시인의 고향인 진뫼 마을도 방문하였다. 우리는 인근 콘도에서 하룻밤을 묵고, 어느 물고기 전문점에 가서 재치국하고 아침을 먹었다.

주인 아저씨의 말에 따르면, 재치국 맛의 비결은 이러하였다. 섬진강에서 캔 재치를 물에 담가 모래를 토하게 한다. 냄비에 넣고 물은 바닥에 깔릴 정도만 붓고 끓인다. 그러면 국이 재치에서 나온 물로만 된다. 국이 얼마나 진한가에 맛이 달렸다. 음식점에서는 물을 타서 끓여 낸다.

(2008. 7)

인사동 거리의 화가들

파리 하면 나는 몽마르트 언덕만 머리에 떠오른다. 연전에 아내와 함께 파리를 방문했을 때 몽마르트 언덕에 들렀는데, 한편에서 화가들이 관광객의 초상화를 그리는 풍경을 보니 부러웠다.

내가 서울 인사동 거리에서 관광객의 초상화를 그리는 화가들을 만난 것은 그로부터 3년째가 되던 해 가을이다. 볕이 따듯한 어느 날 아내와 함께 종로 2가에서 인사사거리 쪽으로 걸어가니까, 인사동 입구 왼쪽 마당에 쳐진 천막 안에서 화가들이 고객의 초상화를 그리고 있었다.

머리를 여자 머리같이 기른 화가들은 의자에 앉아서 검은색으로 관광객의 얼굴을 도화지에 그리고 있었는데, 그들의 손놀림이 신기해 보였다. 주위에는 흘러간 외국 여배우들의 프로필 그림이 놓여 있고, 하얀 천막의 처마에는 국내 유명 인사들의 초상화가 걸려 있었다.

이듬해 봄에는 문우들과 함께 인사동 거리를 찾았다. 천막 화실에서 한 화가가 얼굴이 거무스름한 여인의 초상화를 그리는 것을 보고 있노라니까, 어떤 젊은 여성이 "그림을 잘 그리죠?" 하고 말을 건네 왔다. 우리말 발음이 어색해서 "어느 나라에서 왔습니까? 하고 영어로 물었더니 "몽골에서 왔어요." 하였다. 얼굴 생김새가 한국인 같았다.

그 해 여름에는 우리 내외가 인사동 거리를 방문하였다. 가로수에 매미의 울음소리가 가득해서 거리가 시원한 느낌이었다. 표구사를 찾아가 친구 서예가가 붓글씨로 써 준 가훈을 표구하였다. 가훈이란 내가 지은 '책임 우애 존경'이다. 건너편 마당에서 화가들이 손님들의 초상화를 그리는 풍경을 보노라니, 고향 일가들이 생각났다.

나는 어려서 크레파스를 가지고 아무 데나 낙서를 하는 것이 재미있었다. 할아버지 할머니가 나를 키웠는데, 고모는 내가 귀엽다며 크레파스를 사 주었던 것이다. 크레파스로 안채 마루 벽이나 사랑방 벽에 낙서를 하노라면 즐겁기 짝이 없었다.

읍내에 있는 국민학교를 6년간 다녔을 때에 도화 성적은 10점 만점에 10점이어서, 아랫집 사촌과 동네 또래들이 나의 그림 솜씨에 감탄하였다. 중학교에 다니며 귀가 길에 논밭에서 그림을 그리던 집안 아저씨는 내가 미술에 소질이 있다고 칭찬하였다.

키가 컸던 아저씨는 중학교를 졸업하자 순박한 시골 처녀에게

장가갔다. 아저씨는 읍내에 페인트 상회를 차리고 미용실의 간판과 여인들의 초상화를 그렸다. 서울에 가서 극장 간판 그림들도 살펴보았다. 일본으로 미술 유학을 가고 싶어 했으나 처자를 먹여야 했기에 집을 비우지 못하였다.

우리 초가 동네에는 또 한 사람의 화가가 있었다. 아저씨의 중학교 선배이고 나한테는 손자뻘 되는 그리스형 코를 가진 어른이었다. 동경미술학교에 다니던 그는 조국이 광복의 날을 맞이하자 교포 여성을 데리고 고향에 돌아왔다. 부인은 요리 솜씨가 좋고 애교가 몸에 배어 있었다. 남편인 화가는 읍내에 있는 어느 중학교에서 그림을 가르쳤다.

민족의 비극인 6·25 사변이 터지자, 화가는 아내를 집에 남겨 두고 월북하였다. 일본에서 시집온 아내를 헌신짝처럼 버린 것이었다. 일본 친정으로 돌아갈 수가 없었던 부인은 마을에서 식모살이를 하며 근근이 지냈다. 읍내에서 옷감 장사도 하고 식당 주방장 노릇도 하였다. 어떤 부호의 후취로 갔다는 소문이 마을에 퍼졌다.

인사동에 가을이 왔다. 우리 내외는 인사동에 들러 화랑의 그림들을 감상하였다. 도예 작품들도 관람하고 전통 찻집에서 차도 마셨다. 거리의 화가들이 관광객의 초상화를 그리는 정경도 즐기고.

(2008 여름)

효자손

어느 여름날 저녁, 등이 가려워 아내에게 긁어 달라고 했더니 손으로 긁어 주었다. 그런 때면 등이 시원해서 기분이 좋았다. 하루는 아내가 친구들과 부산 자갈치시장에 놀러 갔다 오는 길에 효자손을 사 가지고 왔다. 그날부터 안방에 두고 등이 가려우면 효자손으로 긁었다.

이듬해 정월에 나는 문우들과 전남의 담양읍 향교리로 죽녹원을 찾아갔다. 대숲길을 걸으며 죽림욕을 하였다. 바람에 서걱거리는 댓잎 소리, 대나무 사이로 불어오는 대바람, 댓잎 사이로 쏟아지는 햇살을 즐겼다. 죽녹원을 나서자 선물 가게에서 효자손을 샀다. 거실에 놓고 쓰기 위해서이다.

담주리에 있는 죽물박물관도 방문하였다. 그 곳에는 삼국 시대 이전부터 대나무가 자생했다고 전한다. 죽세 공예품 1천 2백여

점을 전시하고 있다고 하였다. 조선 말기 궁중에서 쓰던 부채와 망건통, 그리고 옛날 소쿠리들을 보니 반갑다. 박물관 앞에는 죽 제품 가게가 늘어섰다. 효자손을 또 하나 샀더니 문우들이 웃었다.

여름 들어 아내가 등을 긁어 달라는 소리를 자주 하였다. 손으로 등을 긁어 주었다. 희고 고운 등을 손으로 긁어 주니, 나도 등이 시원한 느낌이었다. 아내의 등을 손으로 긁어 준다는 것은 늘그막에 아내를 향한 작은 애정의 표시가 아니겠는가.

아내는 내가 등을 긁어 주는 데에 중독되었는지 잠자리에 들기 전에 등이 가렵다고 말하였다. 더운 밤에 아내의 등을 긁어 주노라면, 나는 할머니가 마루에서 손으로 등을 긁어 주었으며 할아버지는 마당에 모깃불을 피웠던 옛날 시골이 떠오른다.

내가 어렸을 때에는 빈 옥수수에 막대 하나를 박아 등을 긁는 도구로들 사용하였다. 그렇지만 할머니는 농사일로 거칠어진 손으로 등을 긁어 주었는데, 그 감촉을 잊지 못한다.

(2008. 9)

굴다리시장 장보기

노량진역에서 큰길을 따라 남쪽을 향해 조금 걸어가면 오른편에 수산시장 입구라는 안내판이 있다. 진입로로 들어가면 길 양쪽이 콘크리트 벽인데, 그 밑에서는 아낙네들이 전을 벌인다. 벽이 끝나는 곳에 터널이 있고 그 위로 철로가 지나간다.

가을이 되니 시장에 햇곡식이 나왔다. 아낙네들이 비치 파라솔을 20여 개나 치고 그 안에 앉아서 햅쌀, 팥, 흑콩, 밤, 감자, 양파, 가지, 배추 따위의 식료품을 팔았다. 새로 출시한 상품에는 가격을 붙여 놓았다. 그들은 이곳을 굴다리시장이라 부른다.

하늘이 파란 어느 날, 이날도 나는 굴다리시장을 찾았다. 가을 들어 세 번째 방문이다. 오렌지색 비치 파라솔 안에 앉아 있는 아낙네한테 가서 살이 찌고 윤이 나는 밤을 석 되 샀다. 밤 한 되에 5천 원을 주었다. 밤이 담긴 비닐 봉지를 들고 시장을 나와 큰길로 나섰다.

노량진역 앞 보도 육교를 건너 집에 오니, 팔이 뻐근하였다. 아내가 밤을 받아 들자 냄비에 넣고 삶는다. 한참을 삶은 뒤에 하나를 집어 껍질을 벗겨 맛을 보았다. 고구마같이 달고 맛있다. 또 하나를 집어 껍질을 벗겨 맛을 보며 선조가 밤에 대해 지은 시를 떠올렸다.

율(栗)

일복생삼자(一腹生三子) 하니
증자양면평(中者兩面平) 이라.
추래선후락(秋來先後落) 하니
난제우난형(難弟又難兄) 이라.

한 배에서 자식 셋이 태어나니
가운데 놈은 두 볼이 평평하구나.
가을이 와서 앞서거니 뒤서거니 떨어지니
아우라 하기도 어렵고 형이라 하기도 어렵네.

본관이 한산(韓山)이며 조선 선조 때에 영의정을 지낸 이산해(李山海)의 시다. 서화에 능하여 문장 8가(文章八家)라 일컬었다. 저서로

『아계유고(鵝溪遺稿)』가 있다. 『토정비결(土亭秘訣)』의 저자인 토정(土亭) 이지함(李之菡)이 숙부이다.

아내와 밤참으로 밤을 까 먹노라니, 미국에 사는 삼 남매가 생각났다. 내 자식들은 간식으로 밤을 삶아 먹고 자라지 못해서 손자들에게 밤을 삶아 먹일 줄을 모를 것이다.

나는 어려서 어머니가 밤을 삶아 먹이며 키웠다. 어머니는 밤을 삶아서 나에게 까 먹게 하고는 부엌일을 보시곤 했는데, 삶은 밤이 그렇게도 맛있을 수가 없었다.

(2008. 10)

6. 영정 사진

천안 호두과자

나의 치매 방지법

영정 사진

김家네김밥

청주고인쇄박물관

천안 호두과자

천안시의 〈천안〉에 보면, 그 고장에는 천안삼거리, 성불사, 우정박물관, 아우내장터, 유관순 열사 사적지, 조병옥 박사 생가, 독립기념관 같은 관광 명소가 있다. 특산물로는 병천순대와 호두과자가 있다.

올해 1월에 전철 1호선이 천안까지 개통되자, 하루는 우리 내외가 노량진역에서 열차를 타고 천안역에 내려서 호두과자를 사 먹고 돌아왔다. 그런데 다른 노인들은 호두과자를 사 먹고 온양 온천에 가서 목욕을 하며 병천으로 자리를 옮겨 순대를 맛본다고 하지 않는가.

하늘이 맑은 어느 봄날, 우리 부부는 천안역에서 전철을 내리자 시내 버스를 타고 삼남의 길목인 천안삼거리공원을 방문하였다. 공원에서는 현소각과 푸른 능수버들이 우리를 맞아 능소와 어사

박현수의 애틋한 사랑 이야기를 전해 준다. 공원 앞에서 비빔밥을 사 먹고 독립기념관으로 향하였다. 겨레의 집부터 찾아가 불굴의 한국인상과 백두산의 조형물을 구경하였다. 통일 염원의 종과 전시실도 보았는데 애국 지사들의 자료가 풍부하였다. 천안역 앞에서 버스를 내렸다. 역내 매점에서 호두과자를 사서 열차를 타고 서울로 달리며 먹었다.

그 해 가을에는 천안역 광장에서 관광 버스를 타고 유관순 열사 사적지를 찾아갔다. 기념관, 추모각, 초혼묘, 동상, 생가에도 들러서 경의를 표하였다. 추모각에서 태극기를 손에 쥐고 있는 열사의 영정 앞에 섰을 때는 아내가 눈시울을 적셨다. 기록에 보면 유관순(柳寬順) 열사는 1902년 12월 16일 천안시 병천면 용두리에서 태어났다. 이화학당에 재학중이던 1919년 4월 1일 아우내 만세 운동을 주도하다가 체포되어 공주감옥에 수감된다. 이듬해 9월 28일 서대문형무소에서 순국하였다. 아우내장터에서 버스를 내려 병천순대도 먹고 호두과자도 샀다.

오늘은 겨울답지 않게 포근한 날씨다. 우리 내외는 천안역에서 호두과자를 사 가지고 택시를 타고 양지말길로 우정박물관을 찾아갔다. 정보통신부 공무원교육원에 있는 박물관은 1884년에 우정총국이 생긴 이후부터 지금까지의 우정사를 실물과 그래픽 패널로 소개하고 있다. 나는 옛날 집배원인 체전부(遞傳夫)의 복장과 우체통의 변천사를 재미있게 보았으며 아내는 집배원 용품에 관심이 많았다. 우체국 건물의 변천도 볼만 하였다. 아내가 기념우표를 샀다.

이듬해 봄 어느 날, 우리 부부는 천안역에서 열차를 내리자 점심으로 역내서 호두과자를 사 먹었다. 시내 버스를 타고 태조산을 찾아갔다. 중봉에 오르니 거대한 각원사(覺願寺) 성종루가 나타났다. 누각을 지나자 대웅보전이 웅장한 모습을 드러냈다. 왼쪽 언덕에 올라서자 청동대좌불이 있는데, 앉은 높이가 14.5미터이고 둘레가 30미터라고 한다. 거대한 얼굴이 석양빛을 받아 자비로운 빛을 발산하고 있다. 대좌불 앞에서 가족의 건강을 빌었다.

늦가을 어느 날은 천안역에서 버스를 타고 광덕산(廣德山) 기슭에 있는 광덕사를 향해 달렸다. 절 입구에 있는 태화식당이라는 한식집에서 산채나물로 점심을 들었다. 대웅전 입구의 보화루(普化樓) 앞에는 수령 400년이 넘는다는 호두나무 1주가 있다. 나는 이끼가 낀 굵은 나무 줄기를 어루 만졌다. 전설에 의하면, 고려 충렬왕(忠烈王) 16년(1290) 9월 영밀공(英密公) 유청신(柳淸臣)은 원나라에 갔다가 오는 길에 호두나무 묘목과 열매를 가져왔다. 묘목은 광덕사 경내에 심고 열매는 고향 집 앞에 심었는데, 그것이 호두나무 재배의 시초라고 한다. 우리는 상가로 내려가 호두과자를 샀다.

날씨가 쌀쌀한 어느 겨울날이다. 우리 부부는 천안역에서 택시를 타고 조병옥(趙炳玉) 박사 생가로 향하였다. 유관순 열사 생가 근처에 있었다. 초가집 마루며 부엌이며 뒤꼍 장독을 둘러보았다. 조병옥 박사의 본관은 한양(漢陽)이고 호는 유석(維石)이며 미국 유학 시절에 한인회와 흥사단에 참여하여 독립 운동을 벌였다. 나는 조병옥 박사님이 호랑이 눈 같은 눈을 번쩍이며 서울의 거리에서 시국 강연을 했던 모습이 머리에 떠오른다. 천안역에 돌아와 호두 과자를 사가지고 서울행 열차에 올랐다.

자료에 보면, 호두과자는 1934년에 심복순 여사의 부군인 조귀금 선생에 의해 처음 만들어졌다. 천안 광덕의 호두를 주원료로 삼는다고 하였다. 천안의 명물을 넘어서 지구촌의 명물이 되기를 기원한다.

(2008. 10)

나의 치매 방지법

나는 직장을 정년 퇴직하던 해 7월부터 치매에 관심을 갖기 시작하였다. 직장에서 일할 때에는 관심조차 없었다. 치매를 예방하는 방법은 머리를 쓰는 것이다.

그 묘약은 영문법 교과서를 음미하는 일이다. 우리 나라 영문법 교과서는 원서를 독해하는 데는 도움이 되나, 영어로 글을 쓰는 데는 별로 도움이 안 된다고 보기 때문이다.

우리가 영어로 글을 쓸 때에는 명사 앞에 관사를 붙이느냐 마느냐의 선택이 제일 어렵다고 생각된다. 영문법 교과서에 다음과 같은 설명과 예문을 보태면 좋겠다.

「명사 + of + 명사」 어구를 살펴본다. 양쪽 명사가 추상 또는 물질을 가리키고 뒤쪽 수식어가 한정적이 아니고 기술적일 때에는 앞쪽 명사 앞에 관사를 붙이지 아니한다.

Enjoy *peace of mind*. (양쪽 명사 앞에는 무관사)
Plain white paper of good quality is preferable for application letters, and the envelope should match the paper.—Better Business Letters in English edited by A. L. Davis, Ph.D.
To get a basic driver license, you must show us *acceptable proof of Washington State residence*.—Washington Driver Guide published by Washington State Department of Transportation.

「a(an) + 명사 + of + 명사」를 살펴보면 이렇다. 앞쪽 명사 앞에는 부정관사가 올 때도 있고 정관사가 올 때도 있다. 부정관사가 쓰일 때는 수량이나 종류의 뜻을 나타낸다.

One evening in the spring of 1936, when I was *a boy of fourteen*, my father took me to a dance performance in Kyoto.—Memoirs of a Geisha by Arthur Golden.
To the north we could look across a valley and see *a forest of chestnut trees* and behind it another mountain on this side of the river.—A Farewell to Arms by Ernest M. Hemingway.
A journalist and a political philosopher of international repute, Walter Lippmann is the author of more than twenty books, scores of essays, and countless newspaper editorials, articles, and columns.—Walter Lippmann's Philosophy of International Politics by Anwar Syed.

「the + 명사 + of + 명사」를 살펴보면 아래와 같다. 정관사가 붙은 앞쪽 명사는 단정적인 뜻을 나타낸다.

A Confucianist was entitled to *the name of gentleman.*—School English Grammar by Solemn Park.

The empiricist's theory of knowledge—to which, with some reservations, I adhere—is halfway between dogma and skepticism.—Unpopular Essays by Bertrand Russell.

As 2009 draws to a close, people will look back at the year as an historic period in *the City of Burien.*—Burien City News.

「명사 + of + a(an) + 명사」에 관한 용례를 들어 본다. 부정관사가 붙은 뒤쪽 명사는 '이름뿐인(scarcely deserving the name), 어떤(any), 하나의(one)'의 뜻을 나타낸다.

They gave us *coffee of a kind.* (이름뿐인 맛없는 커피)—The Advanced Learner's Dictionary of Current English by A. S. Hornby, E. V. Gatenby and H. Wakefield.

Rental of a residence requires pre-approval by the Board of Directors of the Association.—Village at Miller Creek Condominium Association.

Hold-the-date cards are sent to out-of-town guests who might need *advance notification of an event* so that they have time to make any special arrangements.—Crane's Blue Book of Stationery edited by Steven L. Feinberg.

「명사 + of + the + 명사」에 대한 예문을 들면 아래와 같다. 앞쪽 명사는 관직이나 지위를 표시한다.

They elected him *President of the Republic of Korea.*—School English Grammar by Solemn Park.

Pamela Voiles is *Executive Secretary of the Association of Life Underwriters*, which is having its annual convention in Orlando on February 16—three months hence.—The McGraw-Hill Handbook of Business Letters published by McGraw-Hill, Inc.

In view of the possibility that a second edition will be required within a few years, *criticism of this volume and suggestions* for future inclusions are welcome.—Teaching English as a Second Language: A Book of Readings by Harold B. Allen.

「a(an) + 명사 + of + a(an) + 명사」에 대한 예문을 들면 이렇다. 앞쪽 명사는 '와 같은, 수량의 뜻을 나타낸다.

She is *an angel of a wife*. (천사와 같은 아내)

We have already had *an example of a euphemism* in the sentence on page 1, 'My dear father has passed away'.—A Short Guide to English Style by Alan Warner.

The gerund is *an infinite part of a verb* with the same form as the present participle, i.e. it ends in -ing: doing, singing, writing.—An A.B.C. of English Usage by H. A. Treble and G. H. Vallins.

Once, before the time of Chin (222-206 B.C.) and Han there was *a chief of a mountain cave* whom the natives called Cave Chief Wu.—Famous Chinese Short Stories retold by Lin Yutang.

「a(an) + 명사 + of + the + 명사」에 관한 용례는 다음과 같다. 뒤쪽 명사는 '이미 나온 것, 형용사 최상급에 의하여 한정된 것, 국민·종족·종파 이름'이어서 앞에 정관사를 붙인다.

He is *a son of the secretary*. (여러 아들 중의 한 사람)

I have always found him to be *a man of the highest integrity* and a very able solicitor.—Personal Letters for Businessmen by Mary Bosticco.

A copy of our illustrated catalogue is enclosed, together with samples of some of the skins we regularly use in our manufactures.—Model Business Letters by L Gartside.

The MacArthurs are of Scottish descent. *A branch of the Clan Campbell*, the traditions of the family are linked with the heroic lore of King Arthur and the Knights of the Round Table.—Reminiscences by General Douglas MacArthur.

「the + 명사 + of + a (an) + 명사」에 대한 예문을 들어 본다. 명사가 수식어의 한정을 받으면 정관사를 붙인다. 복수 보통명사 앞에 정관사를 붙이면 '전부의, 전(all the, the entire)'의 뜻을 나타낸다.

She sat on *the arm of a chair*, her tawny face thoughtful and a tiny frown growing at the bridge of her nose.—Lady Killer by George Harmon Coxe.

The various elements of a business letter are listed below in the order of their occurrence.—Webster's Secretarial Handbook published by Merriam-Webster Inc.

Born in Verviers, in 1862, *the son of a cloth manufacturer*, he studied history at the University of Liège, where he had Godefroid Kurth as a master.—A History of Europe by Henri Pirenne.

「the + 명사 + of + the + 명사」 어구의 예문을 들어 본다.
뒤쪽 명사에 정관사가 붙었다. 이미 나온 것에 관계가 있거나 주
위의 정황으로 보아 그것을 명백히 알 수 있기 때문이다.

> *The cause of the fire was carelessness.*—English Reader's
> Dictionary by A. S. Hornby.
> Therefore, *the pursuit of the national interest* must be the
> guiding principle of a nation's foreign policy.—Walter
> Lippmann's Philosophy of International Politics by Anwar Syed.
> In any age of any society the study of history, like other social
> activities, is governed by *the dominant tendencies of the time
> and the place.*—A Study of History by Arnold J. Toynbee.

「(a, an, the) + 명사 + of + (a, an, the) + 명사 + of +
(a, an, the) + 명사」에 대한 예문을 들면 다음과 같다. 관사의
여러 가지 용례가 혼합되었다.

> He provided me with *a rough estimate of the cost of the
> repairs.*—Letter Writing in English by Kyung Ku Lee.
> The constant motive or principle which runs through all
> British foreign policy is *the principle of the Balance of
> Power.*—Diplomacy by Sir Harold Nicolson.
> The last of the great statesmen, Winston Churchill, a man of
> multiple genius, will be devotedly remembered as *one of the
> most exasperating figures of history.*—Winston Churchill: The
> Biography of a Great Man by Robert Lewis Taylor.

지금으로부터 50년 전에 대학에 다닐 때, 나는 영문학 교수에

게 위와 같은 생각을 밝힌 일이 있었다. 그랬더니 교수가 좋은
착상이라고 하면서 글로 써 보라고 하였다.

(2008 가을)

영정 사진

사람은 결국 죽을 수밖에 없는 존재이고 보면, 죽음을 미리 준비하며 살아야 하지 않겠는가. 죽음을 생각하며 사노라면, 삶의 소중함을 절실하게 깨닫게 된다.

"수술 후에 혹시 몇 달밖에 살지 못하겠다는 말을 듣게 된다면, 족보와 저서와 앨범을 가지고 가족사를 써 놓고 눈을 감아야겠다고 생각하였다. 시신일랑 화장해 달라고 해야지."

위 글은 내가 「까치 소리」라는 제목으로 1998년 12월 〈한국수필〉 통권 95호에 발표한 투병기의 한 토막이다. 바로 전해인 1997년 2월에 서울대학병원에서 대장암 3기라는 진단을 받고 수술을 받았다.

꼬박 일년 동안 병원에 가서 항암제 주사를 맞았다. 입원중에 작심한 대로 우리 집의 족보와 영문 편지 작성에 관한 저서 두 권과 가족 앨범을 바탕으로 가족사를 썼다. 후유증을 잊기 위해 글짓기도 배웠다.

수술을 받은 지 10년째가 되던 해 여름에는 『소렌토 아리랑』이라는 에세이집을 출간하였다. 인생을 덤으로 살면서 문단에 등단을 하고 책까지 내다니 이런 행운이 어디 있을까.

그 해 어느 가을날 병원에 가서 대장 내시경 검사를 받았다. 담당 교수에게서 이상이 없다는 말을 들으니 안심이 되었다. 귀가 길에 광화문에 있는 교보문고에 들렀다. 종교 서적 매장에서 고려국의 보조국사(普照國師) 지눌(知訥)이 지은 『직심직설(直心直說)』이라는 서적을 보게 되었다.

이 책 속에는 '진심출사(眞心出死)'라는 말이 있었다. 그 뜻은 이러하였다. '원각(圓覺)의 참마음을 통달하면 본래 생사가 없는 것임을 알 것이다. 생사가 없는 것임을 알면서도 생사를 벗어나지 못하는 것은 공부가 철저하지 못하기 때문이다.' 그 대목을 읽으니 다른 신앙도 '진심출사'를 설하는 종교가 아닌가 싶었다.

이듬해 여름에 병원에 가서 직장암 검사를 받았다. 귀가 길에 광화문으로 교보문고를 방문하였다. 내가 지은 수필집 『소렌토 아리랑』이 있는가 살펴보았더니 매진되었다. 문득 내 묘비에 남길 말이 머리에 떠올랐다. 비신 뒷면에는 『소렌토 아리랑』의 저자라고 새기면 좋을 것 같았다.

어느 날 장수원(張秀源)이라는 수필가로부터 『들꽃 추억』이라는 산문집을 받았다. 저자는 「책머리에」에서 1920년에 서울에서 나서 숙명여전을 졸업하고 구식 예의 범절을 지키며 힘겹게 살아왔다고 밝히고 있다. 옛일이 그리울 때마다 써 놓은 기록들을 올해 7월에 미수(米壽)를 맞아 책으로 엮었다는 것이다.

저자가 「묘지에서」라는 제목으로 쓴 글에 이런 말이 있었다. "사후의 행사는 번거롭기만 하다. 그보다 나름대로의 진솔한 애환을 담은 저서 한 권이라도 남기는 것이 얼마나 보람 있는 것이랴. 사람에게 인격이 있듯이 책에도 품격은 존재하여 그 사람의 살아온 철학이 고스란히 담겨져 있으리라 믿고 싶다."

장수원 님은 나보다 나이가 13살이 많은 어른이다. 연로한 몸으로 저서를 남기는 데에 정력을 쏟은 님에게 전화를 걸고 경의를 표하였다. 그랬더니 작가는 10년 동안 지팡이를 짚고 강남에 있는 현대백화점 문화센터 문학교실을 찾아가, 문학 평론가인 임헌영 교수의 문학 강의를 들었다고 한다.

날씨가 더운 어느 날 아내와 함께 마을에 있는 노량진사진관을 찾았다. 사진관 벽에는 우리보다 젊어 보이는 노인의 사진이 많이 걸려 있었다. 내가 의자에 앉고 아내가 선 자세로 영정 사진을 찍었다.

어느 추운 날 우리 둘이 안방에 앉아 사진을 꺼내 보았다. 사진

속의 감청색 양복을 입은 나는 살며시 웃는 표정이고 밝은 양장
차림을 한 아내의 사진은 젊어 보였다. 수술 이후 11년째 되는
해가 저물 무렵이었다.

(2008. 11)

김家네김밥

오늘은 점심때에 마을 학원가의 고층 건물 1층에 자리한 김家네의 출입문을 밀고 들어갔다. 그 음식점은 김밥을 잘 한다. 아내는 근무지인 한약국에서 점심을 먹는다.

내가 출입구와 가까운 테이블에 앉자, 키가 작고 안색은 검은 편이며 코가 납작하게 생긴 청바지 외국인 아가씨가 와서 무엇을 먹겠느냐고 물었다. 외국인 근로자치고 명랑해 보인다. 벽에 붙은 차림표를 가리키며,

　"김家네김밥 주세요."

하고 말하였다. 외국인 아가씨는 웃으며,

　"알았어요, 할아버지."

하고 대답한다.

　"어느 나라에서 왔어요?"

“필리핀요.”

조금 있자 외국인 아가씨가 김밥과 김치와 미역국을 내 테이블 위에 갖다 놓는다. 김밥은 자기가 말았다고 하였다. 흰밥 속에 당근이며 햄 따위 속을 넣고 김으로 말아 칼로 잘게 썰었다.

고객들은 거의 대학 입시 공부를 하는 학원생들이다. 이야기 꽃을 피우며 오색 나물을 돌솥밥에 얹어 비벼 먹는데 식욕이 왕성해 보인다. 나이가 든 손님 두 사람은 구석 테이블에 앉았다.

내가 계산대 앞에 가서,

“필리핀 아가씨는 한국말을 잘 하네요.”

하고 말하자, 웃으면서,

“이름을 불러야지요.”

하였다.

“이름이 뭔데요?”

“조셀린.”

나는 필리핀 아가씨의 이름을 되뇌며 김家네를 나왔다. 가랑눈이 내리는 노량진 학원 거리에는 학원생들이 흥겨워하며 지나간다. 남녀가 다정하게 손을 잡고 걷는 장면도 눈에 띤다.

사흘 뒤에 또 김家네를 찾았다. 아내가 대학 동창회 모임에 나가는 바람에 점심을 사 먹으려고 들렀다. 내가 부엌에 가까운 식탁에 가서 앉자, 주인 아주머니와 조셀린이 와서 무엇을 먹겠느냐고 물었다.

　　"김家네김밥 주세요."

　　"알았어요, 할아버지."

하고 조셀린이 대답한다.

　　그들을 보니 나는 문우 변해명 수필가의 「나의 살던 고향은」이라는 수필이 머리에 떠올랐다. 변해명 님은 전직이 중학교 교장이다. 한국 여인과 흑인 병사가 팔짱을 끼고 다니는 의정부 시내의 풍경을 글로 묘사했는데, 그 글 속에는 혼혈아 자매가 등장한다.

　　그 여학생은 말이 없고 늘 외톨이었으며 우울했다.

　　그가 쓴 글 가운데 이런 대목이 있었다.

　　어느날 동생이 내게 말했다.

　　"누나, 왜 나는 피부가 검지!"

　　나는 햇빛에 그을려 그렇다고 얼버무렸다.

　　어느날 동생이 수세미로 피부를 문지르고 있다가 나를 보자 성난 목소리로 부르짖었다.

　　"아무리 문질러도 누나처럼 하얗게 되지 않는단 말야. 해님이 나만 미워하나봐. 나만 까맣게 태우잖아!"

　　나는 김밥을 먹으며 부엌에서 일하고 있는 조셀린의 얼굴을 바라보았다. 그녀는 아주머니와 대화를 나누며 수돗물로 그릇들을 씻고 있는데, 기분이 언짢아 보였다.

“오 마이 가드!”

조셀린의 목소리였다.

그 소리를 듣는 순간 나는 그녀의 얼굴 인상이 구겨질 줄 알았다. 그런데 조셀린은 웃고 있지 않은가. 나이가 들어 노파심이 도진 것을 알자 나도 따라 웃었다.

외국인 근로자의 얼굴은 우리의 의식 수준을 비추는 거울이다.

(2008. 12)

청주고인쇄박물관

나는 〈直指〉라는 팜플렛을 들고 백미문학 문우들과 홍보영상관 의자에 앉았다. 직지란 '직지인심 견성성불(直指人心見性成佛)'에서 온 말이며, 참선하여 사람의 마음을 바르게 볼 때에 그 마음의 본성이 곧 부처님의 마음임을 깨닫게 된다는 뜻이란다.

개량 한복을 입은 남자 해설사가 연단에 섰다. 그는 누런 『直指下』를 들어 보이며 말하였다. "독일에서는 구텐베르크가 1455년경 『42행 성서』를 금속 활자로 인쇄했습니다. 우리 나라에서는 우리 박물관 자리에 있던 흥덕사에서 고려 우왕 3년(1377)에 이 책을 금속 활자로 찍었습니다."

해설사는 열변을 토하였다. "책 본래 제목은 『白雲和尙抄錄佛祖直指心體要節』이라 합니다. 백운화상이 부처님과 큰스님들의 말씀을 간추려 상·하 두 권으로 엮었습니다. 지구상에 현존하는

세계 최고의 금속 활자본입니다. 상권은 전하지 않고 하권 1책만
이 프랑스국립도서관에 소장되어 있습니다.”

진본이 박물관에 없다는 말을 들으니 마음이 허전하였다. 다음
해설이 궁금하였다. “책 말미에는 ‘宣光七年丁巳七月 日 淸州牧
外興德寺鑄字印施’라고 기록되어 있습니다. 서기 1377년에 청주
흥덕사에서 『直指 下』를 금속 활자로 인쇄했다는 말입니다. 이
책은 2001년 6월 청주에서 개최된 제5차 유네스코 세계기록유산
국제자문회의에서 세계기록유산 등재가 권고되어 같은 해 9월 4
일 세계기록유산(the Memory of the World Register)으로 등재되었습
니다.”

머리가 허연 해설사는 우리 서울 고객들을 직지금속활자공방
재현관으로 안내하였다. 인형들이 먼저 글자본을 정하고 사찰의
전통적인 밀랍 주조법으로 금속 활자를 만들어 책을 인쇄하는 과
정을 연출한다. 교정은 다섯 번을 보았기에 책에는 오자가 없었다
고 한다.

지붕이 접시를 엎어 놓은 모양인 박물관의 정문을 나서니 다음
과 같은 시가 머리에 떠올랐다. 중국 송(宋)나라 때의 어떤 비구니
스님이 지은 선시(禪詩)인데, 내가 자주 읊조린다.

盡日尋春不見春
芒鞋遍踏朧頭雲

歸來偶過梅花下
春在枝頭已十分

하루 종일 봄을 찾아 다녀도 찾지 못하고,
짚신이 닳도록 먼 구름 덮인 데까지 헤맸네.
집으로 돌아오다 우연히 매화 밑을 지나니,
봄은 이미 매화 가지 위에 와 있었네.

문우들을 따라 정원으로 나왔다. 왼쪽 흥덕사(興德寺) 터 너머로 무심천(無心川)이 보이고 양쪽 둑방 위에는 벚나무 나목들이 남북으로 길게 늘어섰다. 무심천 둔치에는 산책로가 나 있다. 봄철에는 벚꽃들이 볼만했을 것이다.

청주는 내가 태어나 고등학교까지 공부한 곳이다. 일제 시대에는 봄이면 무심천 둑길에 벚꽃이 만발하였다. 해방 후에는 벚나무에 살충제를 치지 않아서 쐐기들이 잎을 죄다 갉아 먹었다. 둑방 위에 서 있는 나무들은 새로 심은 것들이다.

내가 다니던 국민학교는 무심천 둑방 너머에 있었다. 해방 이듬해 어느 봄날, 체조 시간에 우리 반 학생들이 담임 선생님의 구호에 맞추어 무심천 둑길을 행진했는데, 마침 벚꽃 구경을 나온 미국 군인들이 '하나 둘, 하나 둘' 하고 선생님의 구호를 흉내내어 크게 웃었다.

청주중학교에 다니던 시절에 무심천 둑길 벚꽃을 배경으로 하여 찍은 흑백 사진에는 '花洞에서'라는 문구가 적혀 있다. 무심천에 벚꽃이 만발하면 시민들이 찾곤 하였다. 한번은 청주고등학교 학생들이 기타를 치면서 무심천 벚꽃 길을 걸어서 화제를 모았다.

우리들 문화 유산 탐방객들은 관광 버스를 타고 무심천 흥덕대교를 건넜다. 점심을 먹기 위해 청원군청 구내 식당으로 향하였다. 차창 밖에는 눈발이 날리고 있다. 봄에 벚꽃이 필 때면 다시 와서 무심천 벚꽃 길을 걸어야겠다.

(2009 정월)

7. 어니스트 헤밍웨이의 집

불효자는 웁니다

피천득의 「인연」을 다시 읽고

어니스트 헤밍웨이의 집

자두연두기(煮豆燃豆其)

불효자는 웁니다

어느 여름날 아침은 동네 앞 공원으로 식전 산책을 나갔더니, 나무들 밑동에 매미 허물이 붙어 있는 광경이 눈에 띄었다. 반가워서 집에 가져다가 책장에 넣어 두었다.

이튿날 아침 매미 소리에 눈을 뜨자, 창 밖의 매미 울음소리가 '불효자는 웁니다! 불효자는 웁니다!'라고 하는 것 같았다. 나이를 먹어 갈수록 어머니 생각이 간절하기 때문이리라.

다음날 새벽에는 빗소리에 잠이 깨었다. 눈을 떠 보니 장맛비가 퍼붓고 있다. 내가 어렸을 때 '비가 오네, 눈물 오네. 비가 오네, 눈물 오네.' 하고 글을 읽었던 고모의 목소리를 듣는 듯하였다. 고모의 책은 소학교 교과서였다.

나는 「불효자는 웁니다」라는 가요가 떠오른다. 가사가 '불러 봐도 울어 봐도 못 오실 어머님을'로 시작되는 흘러간 노래다. 내

75년 평생에 가장 진한 감동을 느낀 곡이다. 보고 싶은 어머니!

홑이불 속에서 「불효자는 웁니다」를 불렀다. 내가 '생전에 지은 죄를 엎드려 빕니다' 하니까, 그만 양 볼 위로 굵은 눈물이 흘러내린다. 어머니는 고향에서 형님과 사시다가 아흔이 넘어서 돌아가셨다.

"어머니 외국 구경 좀 시켜드려!"

언제인가 내가 시골에 내려갔을 때 어머니 또래의 할머니가 나에게 일러준 말이다. 지금은 고향에 그 할머니도 돌아가고 안 계시다. 어머니, 저는 이제야 철이 듭니다.

[2009. 1 〈月刊文學〉 479호]

피천득의 「인연」을 다시 읽고

　내가 서재에 앉아 피천득 작가의 「인연」을 처음 읽은 것은 지금
으로부터 16년 전의 일이다. 외무 공무원을 정년 퇴직 하던 해
여름 수필 공부를 하기로 마음먹고 본보기로 삼았다.

　지은이는 사연이 있어서 지난 사월에 강원도 춘천에 있는 성심
여자대학에 가보고 싶었는데 못 가고 말았다고 서두를 꺼냈다.
여주인공 미우라 아사코(三浦朝子)가 어렸을 때에 다녔던 성심여학
원 소학교와 이름이 같다. 출발이 매우 청신해 보였다.

　나는 다음 글이 어떤 내용인지 호기심이 일었다. 본문은 피천득
작가가 아사코와 세 번 만나고 헤어진 사연을 추억하는 글이었다.
지은이 특유의 정서와 문체를 느꼈다.

　수십 년 전, 내가 열일곱 되던 봄, 나는 동경에 가서 사회 교육가 미우

라(三浦) 선생 댁에 유숙을 하게 되었다. 그 집에는 주인 내외와 성심여학원(聖心女學院) 소학교 일학년인 딸 아사코(朝子)가 살고 있었다. 아사코는 '스위트 피'를 따다가 꽃병에 담아 내 책상 위에 놓았다. 나는 '스위트 피'란 아사코같이 어리고 귀여운 꽃이라고 생각하였다. 선생 부인은 "한 십년 지나면 좋은 상대가 될 거예요." 하였다. 나는 아사코에게 안데르센의 동화책을 주었다.

그 후, 십 년이 지나고 삼사 년이 더 지났다. 그 동안 나는, 국민학교 일학년 같은 예쁜 여자 아이를 보면 아사코 생각을 하였다. 어느 봄날 두 번째 동경에 가서 동경역 근처에 여관을 정하고 미우라 선생 댁을 찾아갔다. 아사코는 성심여학원 영문과 삼학년이었다. 그 집 마당에 피어 있는 목련꽃과 같이 청순해 보이는 그녀는 재회를 기뻐하는 것 같았다. 새로 출판된 버지니아 울프의 소설 〈세월〉에 대해서도 이야기 한 것 같다.

그 후, 또 십여 년이 지났다. 그 동안 제2차 세계 대전과 우리 나라의 해방과 한국 전쟁이 있었다. 나는 아사코가 전쟁 통에 어찌 되지나 않았나 하고 별별 생각을 다 하였다. 나는 1954년 처음 미국 가던 길에 동경에 들러 미우라 선생 댁을 찾아갔다. 아사코는 맥아더 사령부에서 번역 일을 하고 있다가, 거기서 만난 일본인 2세와 결혼을 하고 따로 나서 산다는 것이었다. 만나고 싶다고 그랬더니 어머니가 아사코의 집으로 안내해 주었다. "아, 이쁜 집! 우리 이담에 이런 집에서 같이 살아요." 아사코의 이런 목소리가 지금도 들린다. 일찍 한국이 독립되었더라면, 아사코의 말대로 우리는 같은 집에서 살 수 있게 되었을지도 모른다.

독자인 나는 이 대목을 읽고 수필의 진수를 맛보는 것 같았다. 지은이의 추억을 따라 거슬러 올라갔더니, 뜻밖에 아사코는 성심 여학원 소학교 일학년이었다. 어린 소학생이 17살인 지은이에게 "같이 살아요" 같은 어른스런 말을 했다는 것이 실감나지 않았다. 선생 부인이 "좋은 상대가 될 거예요" 했다는 말도 시기 상조 같았다. 지은이가 "아사코의 말대로 우리는 같은 집에서 살 수 있게 되었을지도 모른다"고 쓴 것도 가슴에 와 닿지 않았다.

그 집에 들어서자 마주친 것은 백합같이 시들어 가는 아사코의 얼굴이었다. 남편은 내가 상상한 것과 같이 일본 사람도 아니고, 미국 사람도 아닌, 그리고 진주군(進駐軍) 장교라는 것을 뽐내는 것 같은 사나이였다. 그리워하는 데도 한 번 만나고는 못 만나게 되기도 하고, 일생을 못 잊으면서도 아니 만나고 살기도 한다. 아사코와 나는 세 번 만났다. 세 번째는 아니 만났어야 좋았을 것이다.

독자인 내게는 아사코의 남편은 지은이가 상상한 것과 같은 사나이였다는 설명이 어색하게 느껴졌다. 아사코의 남편에 대한 선입관은 정서적인 문맥의 흐름에 맞지 않는다고 보았다. 그녀와 인연을 이어가지 못한 아픔을 말하는 '아니 만났어야 좋았을 것'이라는 대목도 군더더기로 보였다.

　지은이는 마지막에 소양강의 가을 경치를 떠올리며 주말에 춘천에 갔다 오려 한다고 쓰고 있다. 마무리가 간명하고 여운이 있다. 수필가 윤오영(尹五榮)은『수필문학입문(隨筆文學入門)』에서 글의 격에 관해 이렇게 말하고 있다. "안개같이 시작해서 안개같이 사라지는 글은 가장 높은 글이요, 기발한 서두로 시작해서 거침없이 나가는 글은 재치 있는 글이요, 간명하게 쓰되 정서의 함축이 있으면 좋은 글이다."

　혜문서관이 펴낸『중고생이 꼭 알아야 할 한국 수필 60』에 보면 「인연」에 대한 작품 해설 속에 이런 말이 있다. "표현에 있어서 주목하게 되는 것은, 점강법의 사용이다. 우선 '아사코'라는 인물을 보면 꽃에 비유되고 있는데, '스위트 피', '목련', '시드는 백합' 등 그 신선함과 아름다움이 점점 감소되는 것으로 나타나 있다." 지은이의 서정이라고 생각된다.

　올해 추석 다음날, 나는 아내와 함께 서울 잠실에 있는 롯데월드 3층 민속관으로 여름에 개관한 금아피천득기념관을 찾아갔다. 기념관 안에 들어서니, 선생의 사진과 금빛 동상이 우리를 맞아주었다. 넓지 않은 방에는 선생이 쓰던 파이프, 안경, 여권, 노트, 저서, 책상, 침대, 인형 따위의 유품이 전시되어 있는데, 선비의 욕심 없는 마음을 풍기고 있지 않은가. 우리는 동상 옆에 앉아 사진을 찍었다.

　그 다음날, 나는 서재에 앉아 피천득의 「인연」을 다시 읽어 보았다. 춘천의 성심여자대학 출강으로 시작되는 도입 부분, 지은 이가 아사코를 세 번 만나고 헤어진 일을 회상하는 본문, 주말에 는 춘천에 갔다 오겠다는 마무리의 전편에 깔린 정서 역시 선비의 욕심 없는 마음이다.

　나는 그런 마음이 피천득 수필의 특성이요, 「인연」은 지은이가 그런 바탕 위에 잘 짜인 얼개와 평이한 글로 빚은 수필이라는 것 을 알았다. 하지만 첫 독후감은 바뀌지 않는다.

[2009. 1 〈한국수필〉 167호]

어니스트 헤밍웨이의 집

우리가 가끔 다니는 충무로 1가에 있는 신세계백화점의 식품 매장 냉장 코너에는 새치 모형이 천장에 높직하게 매달려 있다. 위턱이 앞으로 뻗어 있고 배가 하얗다.

올해 2월 첫째 일요일 우리 내외는 신세계백화점의 식품 매장을 찾아갔다. 나는 쇼핑 바구니를 들고 아내의 뒤를 따라 냉장 코너 앞에 이르렀다. 새치 모형을 보니, 플로리다 키 웨스트 섬의 '어니스트 헤밍웨이의 집(Ernest Hemingway Home)'에 있던 새치 그림이 연상되었다.

미국 최남단의 작은 섬인 키 웨스트(Key West)에는 어니스트 헤밍웨이의 집이라는 스페인식 2층 집이 있는데, 그 집에 새치 그림이 걸려 있었다. 그림에 있는 새치는 둥근 침처럼 주둥이가 길고 뾰족한 청새치인데, 어니스트 헤밍웨이의 『노인과 바다(The Old

Man and the Sea)』에 나오는 새치가 청새치이다.

　지금으로부터 29년 전인 1980년 가을 어느 날, 나는 아내와 자녀들을 차에 태우고 미국의 최남단 섬을 향하여 달렸다. 그 당시 마이애미 주재 총영사관에 근무하고 있었다. 바다 위로 길게 뻗어 있는 유에스 1번 하이웨이를 40여 개의 다리를 건너며 4시간 가량 달리어, 키 웨스트에 있는 어니스트 헤밍웨이의 집에 당도하였다.
　여성 안내원이 집 앞에서 우리들을 맞이하였다. 정원에는 많은 고양이가 어슬렁거리고 있었다. 내 딸은 고양들을 안아 주었다. 그 모습이 귀여워서 사진을 찍었다. 작가가 생전에 길렀던 고양이의 후손들이었다. 그 집에서 1931년부터 10여 년 간 살았다고 하였다.
　아래층에는 생활 도구, 납세증명서, 어니스트 헤밍웨이가 지은 책들이 진열되어 있었다. 위층 서재에는 테이블, 타자기, 청새치 그림, 물고기의 박제, 가족 사진, 쿠바와 아프리카와 유럽에서 가져온 기념품들이 있었는데, 나의 이목을 끈 것은 청새치 그림이었다.
　어니스트 헤밍웨이는 이 곳에서 『누구를 위하여 종은 울리나 (For Whom the Bell Tolls?)』와 『킬리만자로의 눈(The Snows of Kilimanjaro)』을 집필했다고 하였다. 나는 쿠바의 늙은 어부에 관한 이야기인 『노인과 바다(The Old Man and the Sea)』를 샀다. 내가 애독한 작품이었다.

　작가가 1952년에 쓴 『노인과 바다』는 1954년에 노벨 문학상을 받았다. 소설 속의 주인공 산티아고는 84일 동안 고기를 낚지 못하다가 대형 청새치를 잡았다. 배에 매달고 오다가 상어 떼에 뜯어 먹혀 뼈만 남은 고기를 가지고 돌아온다. 낚시에 고기가 걸리기를 기다리는 인내심과 상어 떼에 고기를 빼앗기지 않으려고 싸우는 주인공의 의지는 인간 정신의 최고 모습이 아닌가.

　해변에 있는 미국 최남단 표지판(Southernmost Point) 앞에서 카리브 해를 바라보았다. 쿠바까지는 90마일밖에 안 된다고 하였다. 야자수 너머 멀리 해가 지고 있었다. 석양에 물든 바다 위로 물고기들이 뛰어 올랐다. 주둥이가 길고 뾰족해 보이는 것이 새치들 같았다.

　내가 여성 점원에게 새치회가 어디 있느냐고 물었다. 새치회 진열장을 가리키며 태평양과 인도네시아산 황새치라고 말하였다. 태평양산은 희고 인도네시아산은 베이지색이다.

　우리는 태평양 원산지의 황새치 등살을 사서 바구니에 넣었다. 고객들 틈에 섞여 야채류 코너를 향하여 걸음을 옮겼다. 황새치회하고 저녁을 먹을 생각을 하면서.

(2009. 2)

자두연두기(煮豆燃豆其)

오늘이 벌써 2007년 정해년 성탄일 전날이다. 아침 신문에는
'漢字 이야기' 칼럼에 '煮豆燃豆其, 豆在釜中泣.'이라 쓰고 '콩을
삶으며 콩깍지 태우니, 콩은 솥 안에서 흐느낀다.'라는 글이 실렸
다.

내가 어디서 본 시구이다. 언젠가 동작구 대방역 앞길 건너편
왼쪽에 있는 희래등(喜來登)이라는 중국 요리 전문점에서 보았던
글이다. 그 음식점의 실내 벽에 이런 한시가 적혀 있었다.

煮豆燃豆其

豆在釜中泣

本是同根生

相煎何太急

콩깍지로 불을 때며 콩을 삶으니,

콩이 가마솥 안에서 우는구나.

본래 같은 뿌리에서 태어났건만,

어찌 그리 급하게 삶아 대는가.

희망의 2008년 무자년 새해가 밝았다. 날씨가 추운 어느 날, 시애틀에서 어느 전자 회사에 다니는 아들이 서울 노량진으로 우리 내외를 방문하였다. 아들은 해마다 이맘때가 되면 집에 들렀다.

이 날 저녁 우리 세 식구는 대방동에 있는 단골 희래등을 찾았다. 출입문 뒤쪽에 우뚝 솟은 연통에서 연기가 난다. 아들은 그 풍경을 좋아하며 쳐다본다. 위층으로 올라가니, 아가씨들이 우리들을 둥근 테이블에 안내해 주었다. 자장면과 탕수육을 시켰다.

내 맞은편 흰색 벽에 한시가 세로로 쓰어 있는 것이 눈에 띄었는데, 자두연두기(煮豆燃豆萁)로 시작하고 있다. 삼국지의 영웅 조조(曹操)의 장남 조비(曹丕)가 중벌에 처할 목적으로 아우인 조식(曹植)에게 일곱 걸음을 걷는 동안에 시를 지으라고 명령하자, 아우가 지었다는 칠보시(七步詩)이다. 전에는 무심히 보았다.

그 다음해 1월 초순에는 아들로부터 방한하지 못한다는 전화를 받았다. 연초에는 경기 불황으로 인해 출장을 갈 수 없게 되었으며 봄에나 방한하게 될 것이라고 하였다. 아들은 대만으로 출장을 갔다가 미국으로 돌아가는 길에 서울에 들르곤 하였다.

대한(大寒) 저녁에 우리 내외는 대방동으로 희래등을 찾아갔다. 가게 뒤쪽에 있는 연통에서 연기가 무럭무럭 난다. 층계를 올라가니, 아가씨들이 반기며 방으로 안내하였다. 테이블에 앉아 자장면 두 그릇을 시켰다.

내 맞은편 벽에는 예의 칠보시가 적혀 있다. 나는 식사를 하면서 아내에게 문단에 등단했으니 칠보시 같은 명작을 써서 세상에 남기고 싶다고 일렀다. 그러자 아내는 칠보시가 음식점에는 맞지 않는다고 하였다. 밥맛을 돋구는 시로 바꿔야 한다는 것이다.

우리가 방을 나오자, 등 뒤에서 아가씨들이 '자두연두기' 하고 중얼거리는 소리가 들려 왔다.

(2009. 2)

8. 꼬끼오!

달동네

전철역 화장실의 표어

꼬끼오!

퍼사이공(Pho Saigon)

레이니어 산

달동네

잠을 뒤척이다 눈을 떠 보니, 달빛이 방안에 가득하였다. 일어나 보니 창문으로 달이 보였다. 나는 이불 위에 비친 달빛을 어루만졌다.

아내는 옥탑방 생활이 힘든지 옆에서 곤히 잠들었다. 창문 틈으로 찬바람이 들어왔다. 우리가 거처하는 셋방은 붉은 벽돌집 5층에 있다. 달에 가까운 동네에 산다는 기분이다.

나는 어려서 초가 동네에 살았다. 바닥이 따끈한 구들방 집이었다. 달 밝은 밤이면 소년들은 우리 집 마당에 모여 숨바꼭질을 하고 놀았다. 우리 동네에는 열여섯 집이 있었다. 또래 친구는 4명이었다.

서울에서 대학에 다녔을 때의 달동네 풍경도 떠올랐다. 서대문에 있는 친구 집에서 신촌 쪽으로 걸어가다 오른쪽의 아현동 고개를 넘어 북아현동 달동네에 들어서면 이발관이 있었다. 이발관 아저씨는 머리를 꼼꼼히 깎기로 소문나 있었다. 이발관 위쪽에는 친척 한 분이 슬레이트 집에 살고 있었다.

어느 겨울날, 바닥이 따뜻한 친척집의 건넌방에서 자고 있는데, 달빛이 창문으로 들어와 방을 비추었다. 일어나 창 밖을 내다보니, 보름달이 하늘에 떠 있었다. 비탈길 양쪽에는 작은 집들이 다닥다닥 붙어 있고, 창문에서 전등 빛이 새고 있었다. 옆집에서 다듬잇소리도 들려 왔다.

날씨가 추운 2월 어느 날, 우리 부부는 노량진역에서 열차를 타고 동인천역에 내려 수도국산달동네박물관을 찾아갔다. 동인천역 뒤쪽의 동구 송림 9길에 있었다. 오래 전인 1960년대와 1970년대 달동네 서민들의 생활 모습을 축약해 만든 것이었다. 수도국산(水道局山)에는 인천광역시에서 가장 큰 달동네가 있었다고 한다.

입구에 들어서자, 문이 자동으로 열렸다. 여성 안내자의 안내로 송림복덕방에 발도장을 찍었다. 마네킹으로 만들어 놓은 골목 튀밥 장수, 폐지를 수집하는 바깥노인, 머리를 깎아 주는 대지이발관 아저씨, 물지게를 지고 서 있는 아주머니, 손으로 연탄을 나르는 소년, '소변금지'라는 글씨가 씌어 있는 전봇대 밑에서 오줌을 갈기는 개들을 구경하였다. 달동네에서 살았던 실존 인물들이라 한다.

왼쪽으로 돌아서 송현상회 앞에 이르렀다. 유리창에는 '주류, 식료, 잡화'라는 흑색 글씨가 쓰여 있다. 옆에는 담배 가게가 있는데 수연, 풍년초, 새마을 따위의 옛날 담배를 만들어 진열하였다. 부잣집 같은 대청 마루를 들여다 보았다. 벽에는 '家訓 正直一生之寶 忠孝百行之源 勤儉成家之道'라는 붓글씨가 들어 있는 액자가 붙어 있다. 정직과 충효와 근검을 가훈으로 삼는다는 뜻이다. 아궁이에 불을 지피는 어머니의 모습도 보인다.

골목에는 '冬栢아가씨'라는 영화 벽보, '李光馥'이라는 문패, '하숙생 구함'이라는 구인 벽보, '일시에 쥐를 잡자'라는 포스터, 나무 판자를 잇대어 만든 공동 변소가 보인다. 이름이 복(馥) 자 돌림인 '이광복'이라는 사람은 나의 일가임에 틀림없다. 방안에 모여서 텔레비전을 보는 동네 사람들도 눈에 띤다. 빨랫줄 위에는 굴비도 있다. 지붕에는 호박 넝쿨이 있지 않은가.

사무실 앞으로 오니, 안내자가 소감을 물었다. 내가 웃으며 "달동네 시절이 좋았던 것 같아요." 하고 말하였다. 그러자 그녀는 "보는 사람마다 그렇게들 말을 해요. 그 시절 그 곳에는 이웃 간에 인정이 있었어요."라고 말을 받는다. "구경을 잘 했어요. 수고했어요." 하고 아내가 고마움을 표하였다.

박물관 입구 맞은편에는 고층 아파트들이 들어섰다. 주위를 한 바퀴 둘러보았다. 동인천의 시가지가 한눈에 들어온다. 박물관 안에 전시된 풍경은 하나도 보이지 않는다.

우리 옥탑방에 아침이 밝았다. 달력을 보니 2009년 올해도 벌써 3월로 접어들었다. 이민 준비를 하기 위해 우리 부부가 40여 년 간 살던 고개 너머의 2층 집을 팔고 셋방에 이사온 지 5개월이 되었다.

형광등을 켜고 신문을 읽었다. 봄인데도 위풍이 세서 방이 춥다. 바깥벽에 달린 부엌의 수도도 얼어서 찻물을 끓일 수가 없다. 수도국산달동네박문관의 안내자가 "달동네에는 이웃 간에 인정이 있었어요" 하던 말이 떠오른다.

다음달 4월 초순에는 미국 시애틀로 떠난다. 나이가 드니 자식들 가까이에 살아야 된다는 생각이 절로 든다.

(2009. 3)

전철역 화장실의 표어

나는 서울 사당역에서 열차를 내리자, 13번 출구 가까이에 있는 의자에 가서 앉았다. 이 역은 근처에서 친구를 만날 때 미리 와서 기다리는 곳이다. 여기서 친구들과 만날 때도 있다.

앞쪽 벤치에는 등산복 차림의 젊은이들이 앉아 있다. 봄날을 어떻게 재미있게 보내느냐가 화두인 것 같았다. 학교 동창들 아니면 직장의 동료들이거나 고향 친구들의 모임이다.

참았던 소변을 보기 위해 일어섰다. 매표소 앞에 섰는 고객들의 뒤를 지나 남자용 화장실로 들어갔다. 바닥과 변기와 벽이 깨끗해 보인다. 양변기 위쪽 벽에는 사각형 나무 액자가 걸려 있고 액자 안에는 '아침인사(안녕하세요)'라는 표어가 들어 있다.

호주머니에서 수첩을 꺼내 들었다. 발돋음을 하고 표어 아래 적힌 글들을 적었다. 'Good morning(굿 모닝)', 'おはようございま

す°(오하요-고자이마쓰)’, ‘早上好(자오 쌍 하오)’ 따위의 6개국 인사말인데, ‘good’ 아니면 ‘조(早)’의 뜻을 지녔다.

화장실 하면 시골에서 읍내에 있는 국민학교에 다니던 시절의 추억을 잊을 수가 없다. 우리 학생들은 2학년 때부터 교실 청소를 하였다. 옆자리에 앉은 짝꿍하고 우리 반의 변소를 청소했는데, 오물이 묻은 재래식 변기를 물로 씻는 일은 고역이었다.

시내에 있는 중학교에 들어갔을 때 국어 선생님이 들려준 인사말도 잊을 수가 없다. 안경을 꼈던 선생님은 ‘안녕하세요’같이 훌륭한 인사말이 없다는 말로 수업을 시작하였다. 눈을 반짝이며 영어의 ‘좋은 아침’이라는 표현이 인사말이냐고 하시었다.

자녀들이 서울에서 초등학교에 다닐 때 공부를 잘하는 요령 세 가지를 가르쳤는데 첫번째가 예의였다. 선생님을 만나면 인사를 꼭 해야 한다고 일렀다. 그래야 공부에 재미를 붙이게 된다고 하였다. 두번째가 노력이고 세번째는 성적이었다.

화장실에서 나오자, 앉았던 의자에 가서 앉았다. 남자 노인들이 “잘 있었어?” 하고 서로 인사들을 하며 벤치 쪽으로 걸어간다. 허리가 반듯하고 걸음새가 힘차 보였다.

나이가 많이 들어 보이는 노인한테 ‘안녕하세요’ 하고 말을 걸었다. 그러자 노인은 나를 힐끗 쳐다보고는 무심히 지나갔다. 노인은 친구들한테 가서 악수를 청하며 ‘굿 모닝’ 한다.

호주머니에서 수첩을 꺼내 들고 화장실에서 공들여 베낀 ‘아침

인사'라는 말들을 읽어 보았다. 표어들을 지우려고 볼펜을 꺼냈다가 글감이 되겠기에 그냥 두었다.

우리 노인들은 무임으로 전철을 이용한다. 객차 안에서는 노약자 우대석이라는 지정석에 앉는다. 노인 대접을 받는 대신에 전철역 화장실의 표어들을 솔선해서 실천해야 하지 않겠는가?

나는 13번 출구를 향해 발걸음을 옮겼다. 사당역 밖에 나오니, 높다란 빌딩 위에는 파란 하늘이 걸렸다. 큰 거리 쪽에서 시원한 바람이 불어온다. 부드러운 봄바람이다.

(2009 봄)

꼬끼오!

　닭의 울음소리에 눈을 떴더니, 창문에 이민 첫날밤이 훤히 밝아
온다. 꿈을 꾸다가 잠이 깨었다. 그런데 그 닭은 '카커두들두'라고
소리를 내지 않고 '꼬끼오' 하고 울었다. 미국 닭은 '카커두들두'
하고 운다.

　닭띠인 나는 잠바를 입고 아내와 함께 현관문을 나섰다. 날씨가
흐리고 썰렁하였다. 마을을 나와 왼쪽에 있는 네거리를 건너 쇼핑
센터 앞까지 걸었다. 살결이 흰 노인이 눈인사를 하며 지나간다.
남자처럼 생긴 여성인데 의젓하고 무게가 있어 보이는 품이 조경
희 님과 닮았다.

　선생님과 둘이서 2002년 11월에 서울시청 뒤에 있던 한국수필
가협회 사무실에서 찍은 사진이 떠올랐다. 그 사진은 우리 집 가
보가 되었다. 조경희문학관이 강화도에 생긴다는 소식을 들은 지

오래 되었는데 어떻게 진전되고 있는지?

조경희 님은 2005년 4월에 서울시청 뒤쪽의 무교동 원창빌딩에 있던 한국수필가협회에서, 『조경희 수필집(趙敬姬 隨筆集)』을 자서하여 나에게 주시고는, 그 해 8월 5일에 고려대학 안암병원에서 돌아가셨다. 선생님 수필집은 나의 인생 독본이다.

은사님의 『조경희 수필집』에 보면 이런 말이 있다. "내가 글쓰기를 배우기 시작한 해가 1934년이다. 이화여전에 들어가서 졸업 때까지 내내 尙虛 李泰俊 선생의 가르침을 받았다. 그로부터 70년이라는 세월이 흘렀고 오늘에 이르렀지만 尙虛 선생님을 잊은 적이 없다." 尙虛 선생의 『문장강화』는 나의 애독서이다.

집에 오니 아들은 회사에 출근하였다. 아침을 먹고 나자, 인근에 사는 딸이 두 아이를 데리고 현관에 나타났다. 삼 년 전에 딸이 서울 노량진동 본가에 다니러 왔을 때 데리고 온 외손자들이다. 큰아이는 벌써 초등학교 1학년에 다닌다고 하였다.

우리 내외는 한국 생활을 정리하고 시애틀 근교에 있는 밀러스 크리크 마을(Village at Miller's Creek)로 이민을 왔다. 우리 집은 아들이 뉴욕 주에 사는 작은아들과 딸이랑 산 것이다. 위층에는 침실과 서재가 있고 아래층에는 거실과 차고와 창고가 있다.

창고에 있는 책들을 서재로 옮겼다. 수필에 관한 책이 대부분이다. 선조의 정훈(庭訓)인 '내 자손들은 백대까지 친하게 지내라'는 뜻의 '아지자손백대지친(我之子孫百代至親)'이라는 붓글씨는 거실에 걸어 놓았다. 일가가 되는 서예가 이성준(李成濬)의 작품이다.

시애틀에서 노년을 보낼 일을 생각해 본다. 나의 구상은 혈기가 쇠하기 전에 저서인『소렌토 아리랑』의 속편을 내는 것이다. 원고를 완성하는 대로 서울에 가지고 가서 출판하고 싶다.

(2009. 4)

퍼사이공(Pho Saigon)

점심때가 되자, 딸이 집에 와서 우리를 차에 태우고 패시픽 하이웨이 가를 달렸다. 도로변에는 개나리꽃이 한창이다. 딸은 켄트에 있는 퍼사이공(Pho Saigon)의 주차장에 차를 세운다. 국숫집의 출입문을 밀고 들어서니, 고객들이 면을 들고 있었다.

월남 국수 하면 나는 십여 년 전에 아내와 함께 처음 먹었던 국수 맛을 잊을 수가 없다. 시애틀 시내에 있는 워싱턴주립병원에서 약사로 있던 딸과 이웃 아이다호 주의 보이세(Boise)에 살던 아들 내외하고 매콤하고 뜨끈한 쌀국수를 먹었다.

딸은 점심으로 퍼(Pho)라는 국수를 사 준다고 하면서 우리하고 아들 내외를 자기 차에 태우고 시애틀 다운타운에 있는 어느 월남 국숫집으로 향하였다. 국숫집 주차장은 승용차들로 가득 메워졌다.

딸이 앞장서서 출입문을 밀고 들어가자, 하얀 아오자이를 입은 아가씨가 우리들을 창가의 테이블로 안내하였다. 국수는 쌀로 만들며 '퍼(Pho)'라 부른다고 딸이 말하였다. 월남인 웨이터가 국수를 가득 담은 그릇들을 들고 와서 테이블 위에 놓았다. 나는 굵은 목소리로,

"It's on the house."

하고 입을 열었다. 그러자 아들이,

"아버지, 제가 점심을 살게요."

하고 대답하였다.

"그런 마음이라면 아버지보다 먼저 말했어야지."

내 말에 아들 내외가 웃었다.

나흘 뒤에 우리 부부는 시애틀·타코마공항에서 여객기를 타고 보이세에 내려 교외에 있는 아들네 집을 방문하였다. 그날 저녁 우리가 식탁에 앉으니까 아들이 음식을 가리키며, 푸짐한 한식이었는데,

"It's on the house."

하고 말을 꺼내었다.

나는 함박웃음을 웃었다. 시애틀에 있는 월남 국숫집에서 말한 영어는 어딘지 정확하지 않았다고 생각되었던 것이다. 영어깨나 한다는 아버지로서 부끄러운 마음이 들었다.

중년의 월남인 남자 주인이 월남 국수 세 그릇을 우리 테이블에 갖다 놓았다. 옛날 시애틀에서 딸하고 둘째 아들 내외하고 먹었던 귀여운 퍼(Pho)가 아닌가. 나는 목청을 돋우어,

"It's on me."

하고 말하였다. 딸은 크게 웃었다.

국수는 쇠고기 국물에 삶은 양지머리, 숙주나물, 양파, 콩나물, 레몬, 그리고 쌀국수를 넣은 것이다. 국물이 얼큰해서 좋았다. 딸의 말에 따르면 주인의 장사 수완이 썩 좋다는 것이다.

국숫집 주인이 딸에게 우리 부부에 관해 물었다. 서울에 있는 미국대사관에서 이민 비자를 받아 가지고 인천공항을 떠나 엊저녁에 공항에 도착했으며 뷰리엔에 거처를 정했다고 딸이 답하였다.

그러자 주인은 딸이 바빠서 부모를 데리고 오지 못한다고 전화를 준다면 자기 차로 모시겠다고 하였다. 딸이 그러겠다고 하며 웃었다. 아내와 나는 국수 맛이 좋다고 칭찬하였다.

우리들이 월남 국숫집의 출입문을 밀고 밖으로 나오니, 보슬비가 내린다. 딸은 승용차 쪽으로 가면서,

"이 비가 시애틀 지역 특유의 안개비야. 겨울철에 자주 와요. 사람들은 그냥 비를 맞고 다녀요." 하였다.

(2009. 5)

레이니어 산

레이니어 산은 미국 워싱턴 주의 시애틀에서 남동쪽으로 170킬로미터쯤 떨어져 있다. 어느 인디언 추장의 이름에서 따왔다는 시애틀이란 명칭이 나는 좋다. 산꼭대기가 만년설로 덮여 있어서 시애틀에 사는 동포들은 눈산이라고 부른다.

날씨가 화창한 어느 여름날, 아들은 우리 내외를 승용차에 태우고 밀러스 크리크 마을의 집을 떠나, 인디언 어로 물의 어머니라는 뜻을 가진 타고마로 해서 두 시간 반 만에 레이니어 산 입구에 다다랐다. 딸이 시애틀의 어떤 제약 회사에 약사로 있을 때에 안내를 받아 구경한 적이 있어서 두 번째 방문이다.

산 중턱에 이르니, 아스팔트 길 옆에 눈이 쌓여 있고 주위에는 침엽수들이 군락을 이루고 있으며 계곡물 흐르는 소리가 들린다. 푸른 나무들이 하늘로 곧고 높게 쭉 뻗어 있어서 마음까지 시원하였다. 자동차로 올라갈 수 있는 가장 높은 지점인 해돋이전망대 앞에 도착하였다. 레이니어 산의 북쪽에 위치하고 있으며 표고가 1,950미터이다.

우리는 차를 주차해 놓고 관광객들의 뒤를 따라 전망대 안으로 들어갔다. 방이 유리벽으로 둘러싸여 있어서 아늑한 느낌이었다. 침엽수 숲 너머에 있는 눈 덮인 산봉우리는, 가깝고 야트막하게 보이는데도 높이가 4,392미터가 된다고 하며 1854년에 마지막 분출을 하고 쉬고 있단다. 전망대 아래쪽으로 타코마 시가지가 아스라이 바라보인다.

남녀 경찰관 두 사람이 들어와서 인근의 숲을 살펴본다. 내 눈에는 주위에 깡통이나 휴지 따위가 보이지 않는다. 공원 입구에서 차로 올라오며 길가에 쓰레기, 별장, 모텔, 콜라병 따위가 널려 있는 광경을 목격하지 못하였다. 레이니어 산이 더없이 깨끗하게 가꾸어진 산인 줄은 미처 몰랐다. 주위는 온통 침엽수 숲과 눈 덮인 봉우리뿐이라 산뜻한 풍경이다. 세상에 이렇게 깔끔해 보이는 산이 또 있을까?

두 경찰관은 권투 시합이라도 벌이려는 듯이 상대방의 가슴을 주먹으로 쥐어박는 시늉을 하는데 매우 재미있어 보인다. 여성 경찰관이 주먹으로 남자의 가슴을 치는 척하자, 남자 경찰관은 얼굴에 웃음꽃을 피우며 뒤로 쓰러지는 듯한 동작을 취하였다. 그들의 몸짓은 나의 소년 시절을 생각나게 하였다.

　내가 충청북도 청주에서 광복을 맞이하던 해 가을이었다. 국민학교 수업을 마치고 동무들과 함께 북쪽 신작로를 걸어서 읍내 어귀인 방고개에 이르렀을 때였다. 미국 공군 연습기 한 대가 우리들의 머리 위를 날아 무심천변에 내려앉는 모습이 보였다. 우리들은 읍내 쪽으로 오 리쯤 뛰어서 우리 학교 뒤쪽에 있는 무심천 둑방에 도착하였다.

　무심천 둔치에는 국방색의 미국 연습기가 내려앉아 있었으며 구경꾼들이 둑방에 인산 인해를 이루었다. 비행기 앞에서는 두 명의 남녀 미군이 색안경을 쓰고 권투하는 시늉을 내는데, 그들의 천진한 행동은 진귀하게 보였다. 나에게는 미국 비행기를 구경하는 것도 색안경을 낀 미군을 보는 것도 처음이었다.

　조금 있으니까 미군 지프 한 대가 도착하여 들것을 내려놓는다. 들것에는 미군 한 명이 얼굴에 하얀 붕대가 감긴 채 실려 있었다. 두어 달 전에 끝난 제 2차 세계 대전 와중에 다친 부상병임에 틀림없어 보였다. 미국 비행기는 그 미군을 싣고 북쪽 하늘을 향해 사라졌다. 그 비행기 앞에서 권투하는 시늉을 하였던 미군 병사들의 모습이 눈에 선하다.

　우리 내외는 아들 차로 레이니어 산을 내려와 인근에 있는 한 핫케이크 집을 찾았다. 딸하고 왔다가 귀가할 때에 들렀던 집이다. 우리들은 핫케이크를 사 먹었다. 순박해 보이는 백인 주부가 어디서 온 진객이냐고 묻는다. 코리안이라고 내가 말하였다.

우리들은 타고마의 시가지를 달렸다. 동포가 많이 사는 거리이며, 딸이 시애틀에서 결혼식을 올렸을 때에 전통 혼례복과 병풍을 빌렸던 곳이다. 차창 밖에 봉우리가 하얀 레이니어 산이 가깝게 보인다. 아, 어머니 품 같은 산이여!

(2009. 7)

9 시애틀 추장의 편지

시애틀의 잠 못 이루는 밤

고사목

시애틀 추장의 편지

뉴욕 하이드 파크를 찾아서

할머니들의 시위

고사목

시애틀의 잠 못 이루는 밤

이 제목은 「시애틀의 잠 못 이루는 밤(Sleepless in Seattle)」이라는 영화에서 딴 것이다. 우리 부부가 서울 노량진에 살았을 때에 마을의 한 비디오방에서 보았던 작품인데 그 내용은 이렇다.

아름다운 시애틀에서 행복한 가정을 꾸리던 건축가 샘 볼드윈은 암으로 아내를 잃는 비극을 맞는다. 아들 조나는 아빠를 위해 심야 라디오 상담 프로에 새 엄마를 찾아 달라는 전화를 하였다. 꼬마 아들의 하소연은 전파를 타고 많은 여성들에게 전달된다.

약혼을 한 애니 리드라는 신문 기자는 차 안에서 우연히 방송을 듣고 샘에게 발렌타인 데이에 뉴욕에 있는 엠파이어 스테이트 빌딩에서 만나자는 편지를 쓴다. 그녀는 마법 같은 사랑의 감정이 아쉬웠던 것이다. 로맨틱한 배우로 명성 높은 멕 라이언(Meg Ryan)이 애니 역을 맡고 있다.

샘과 애니는 해 질 무렵에 엠파이어 스테이트 빌딩의 전망대에서 마주치고 운명적인 사랑을 하게 된다. 두 남녀가 처음 나눈 대화는 '당신이야? 저예요.'라는 뜻의 'It's you?(샘) It's me.(애니)'이고 그 명대사의 배경 음악은 「내가 사랑에 빠지는 순간(When I Fall in Love)」이다.

나는 늘그막에 시애틀 남쪽 근교에서 수필을 쓰며 사는 것이 즐겁다. 도시 명칭은 이 지역에 살던 인디언 부족의 추장 이름에서 딴 것이라 한다. 시애틀의 파이어니어 광장(Pioneer Square)에는 '추장 시애틀(Chief Seattle)'이라는 동상이 있다.

명작 영화 「시애틀의 잠 못 이루는 밤」은 남녀에게는 제각기 알맞은 짝이 있다는 숙명적인 인연을 감미롭고 코믹하게 다룬, 어쩌면 동양적인 신비성을 지닌 작품이라 하겠다. 여성 감독 노라 에프론(Nora Ephron)이 시나리오를 쓰고 감독하였다. 한문(漢文)의 '서로 좋아할 호(好)' 자를 형상화한다면 그런 영화가 되지 않을까 싶다.

주인공들이 처음 만나 대화를 나눈 엠파이어 스테이트 빌딩의 전망대는 어느 해 봄에 내가 공무로 뉴욕을 처음 방문했을 때 올라가서 뉴욕 시가지를 내려다보았던 마천루이다. 눈 덮인 시애틀의 레이니어 산(Mt. Rainier)처럼 하늘로 솟은 위용을 잊지 못 한다.

여름이 되자, 나는 아내와 더불어 시애틀 앞 바다와 접해 있는 파이크 플레이스 마켓(Pike Place Market)으로 '아테네 주막

(Athenian Inn)'을 찾아갔다. 아름다운 석양과 바다가 보이는 2층 음식점이다. 금발 머리 여성이 'TOM HANKS SAT HERE'라는 표지가 있는 식탁을 가리키며 「시애틀의 잠 못 이루는 밤」 영화의 주연 배우인 톰 행크스(Tom Hanks)가 식사하던 곳이라고 소개한다.

파이크 플레이스 마켓(Pike Place Market) 끄트머리에 자리한 생선 시장도 방문하였다. 마켓 뒤쪽의 내해는 연어들의 고향 바다이다. 나무로 만든 판매대에는 'Fresh Whole Atlantic Salmon $ 6.99 LB'이니 'Fresh Large King Salmon $ 10.99 LB'이니 하는 팻말이 꽂혀 있다. 생선 장수들은 판매대 앞에서 서민적 체취를 풍기며 연어회를 맛보라고 권하였다. 생선 매장이 활기차 보인다.

파이크 플레이스에 있는 스타벅스 1호점(First Starbucks Store)도 찾았다. 파이크 플레스 거리의 육지 쪽 도로변에 있었다. 가게 앞에는 관광객들이 줄을 섰다. 그들 뒤에 서서 순번을 기다렸다가 스타벅스 커피를 사 마셨다. 커피 맛이 향긋하였다.

(2009. 8)

고사목

나는 우리 집 데크에 나와 운동을 하면서 서편 담장 너머에 있는 고사목을 바라보는 것이 재미있다. 담장 바로 바깥은 폭이 좁고 길다란 침엽수 숲이다. 숲 너머에는 큰 못이 있는데 가끔 오리들이 들른다.

하늘로 높게 뻗은 나무들 사이에 끼인 고사목은 키가 15미터는 되고 밑동 둘레가 두 아름이 넘어 보인다. 고사목 줄기에는 구멍이 많은 데도 크게 썩지 않았다. 줄기의 말라 빠진 모습은 풍장(風葬), 곧 자연에 시체를 맡겨 바람에 흩어지게 하는 의식의 소산인 듯하다.

숲은 우리 뷰리엔(Burien) 시에서 관리한다. 내가 사는 밀러스 크리크 마을(Village at Miller's Creek)의 주민들에 의하면, 자연미를 보존하기 위해서는 고사목을 그냥 내버려 두어야 한다는 것이다.

아메리카 합중국은 우리말로 미국(美國)이며 아름다운 나라라는 뜻을 지니고 있다. 그렇지만 고사목을 방치하는 아메리카 합중국을 어떻게 아름다운 나라라고 부를 수 있겠는가.

나는 담장 너머에 있는 고사목을 볼 때마다 자연이란 뜻을 곱씹어 보았다. 미국의 스콜래스틱 출판사(Scholastic Inc.)에서 나온『스콜래스틱 퍼스트 딕셔너리(Scholastic First Dictionary)』에 따르면, '인간에 의해 만들어지지 않은 만물이 네이처(nature)이다'라고 한다. 영어의 'nature'라는 낱말은 우리말의 '자연(自然)'에 해당하는 말이다. 이 말은 '스스로와 그러할'의 뜻을 갖고 있다. 고사목을 그대로 두는 것이 자연적이라고 생각하게 되었다. 진짜의 미는 자연미임을 깨달았다.

고사목은 나무의 생애를 돌아보게 한다. 숲의 참 모습을 알게 한다. 고사목을 눈으로 직접 보지도 않고 어떻게 나무의 일생을 상상할 수가 있겠는가. 사람이 사는 사회도 마찬가지다. 등 굽은 노인을 주의 깊게 살펴보면 사회의 참모습을 알게 된다. 노인이 없는 사회는 고사목 없는 숲과 같다.

날씨가 좋은 어느 봄날, 아들은 우리 내외를 차에 태우고 509번 도로로 해서 데모인 비치 공원(Des Moines Beach Park)을 찾아갔다. 올 4월에 우리가 한국에서 시애틀 남쪽의 조용한 교외 도시로 이민 온 이후 첫번째로 방문하는 관광지이다. 우리 마을에서 10여 분 거리에 있으며 워싱턴 주와 캐나다 사이에 있는 후안 드 후카

해협 남쪽의 퓨젓 사운드와 접해 있다.

비치 공원의 퓨젓 사운드 기슭에는 둥치가 크고 허연 통나무들이 널려 있었다. 오래 전에 물가로 밀려온 익사목들이다. 껍질이 다 벗겨진 벌거숭이 나무 줄기들은 미인들의 알몸처럼 보였다. 깨끗한 자갈밭 해변에 말라 있는 줄기들을 그대로 둔 데모인 시의 자연 사랑이 돋보인다.

어느 화창한 오후에 딸이 차로 우리 내외를 솔트워터 주립 공원(Salt Water State Park)으로 안내하였다. 주립 공원은 데모인 비치 공원 남쪽의 퓨젓 사운드와 접해 있다. 볼거리로 모래 해수욕장과 판자 산책로가 있다. 해질녘에 판자 산책로를 걷노라니, 거무스름한 통나무들이 파도에 밀려서 산책로 밑에 있는 시멘트 벽에 부딪히며 소리를 지른다.

날씨가 더운 어느 날, 서재에 앉아 관광 안내서를 보니 데모인 비치 공원 위쪽에 시허스트 비치 파크(Seahurst Beach Park)라는 공원이 있다. 안내서에는 큰 통나무들이 백사장에 널려 있는 그림도 실려 있다. 그 파크 통나무들을 만나면 무슨 얘기를 들을까?

(2009. 9)

시애틀 추장의 편지

　제주대학의 김병택 국문학 교수가 2002년 10월에 『한국 문학과 풍토』를 출간하였다. 그 책의 「제4부 주체적 문화를 위하여」라는 큰제목 밑에는 「시애틀 추장의 편지」라는 제하의 글이 있다. 글의 내용을 요약하면 이렇다.

　시애틀 추장은 1855년에 당시의 미국 피어스 대통령에게 편지를 보낸다. "당신들은 인디언 땅을 사려고 하는데 어떻게 하늘과 땅의 온기를 사고 팔 수 있습니까? 이 땅의 모든 구석구석이 우리들에게는 신성합니다. 반짝이는 소나무 잎, 숲속의 안개, 곤충 하나하나가 우리의 기억과 경험에는 모두 거룩합니다." 이것은 자연 환경을 효용적 가치로 판단하는 미국 정부에 대한 추장의 준엄한 경고였지만…….

나는 이 글을 읽고 시애틀 추장의 편지란 '공허한 외침'에 지나지 않는다고 생각하였다. 시애틀 추장은 나라도 없었고, 문자도 갖고 있지 않았고, 자기 부족과 살던 땅을 지킬 힘도 없었다. 환경운동가도 아니었다. 그런 인디언 추장의 편지가 '미국 정부에 대한 준엄한 경고'였다는 것이 말이 되겠는가? 시애틀 추장이 미국 대통령에게 그런 편지를 썼다면 인디언 땅을 미국 정부에 팔아야 하는 비애를 호소한 것이 아니겠는가.

류시화 시인은 2003년에 시애틀 추장의 편지를 높이 평가하는 말이 들어간 『나는 왜 너가 아니고 나인가』라는 책을 내었고, 엄혜숙 어린이책 비평가는 2005년 1월에 시애틀 추장을 칭송하는 글이 담긴 『나의 즐거운 그림책 읽기』라는 그림 평론집을 출판하였으며, 김중위 수필가는 2009년 〈수필문학〉 5월호에 「시애틀에서 시애틀 추장을 만나다」라는 제목의 수필을 실었다. 김중위 님 수필의 요점은 아래와 같다.

드디어 오셨군요! 우리들의 정령이 살아 숨쉬고 있는 저 높은 산의 바위덩어리나 반짝이는 날개를 휘저으며 흐르는 개울이나 알을 품고 있는 산새들까지도 사고 팔 수 있다고 생각하는 문명인들은 분명히 말해 대지(大地)에게는 원수입니다. 문명인들은 너무나 식욕이 넘쳐흘러 대지를 마구 먹어 치웁니다.

이 글은 내가 두 번째 시애틀 시(市)를 방문하는 길에 수소문하여 찾아간 시애틀 추장(1786-1866)의 묘소 앞에서 그로부터 들은 얘기다.

위의 글은 필자가 시애틀 추장을 자연 보존주의자로 떠받드는 말이다. 필자가 말을 지어 환경 보호론자들을 위한 복음처럼 전하고 있으나 나는 아무런 감동도 느끼지 못한다. 인디언을 사랑하는 데도 내 정서는 그렇다.

시애틀 추장의 친구요 의사였던 헨리 스미스 박사(Dr. Henry A. Smith)는 1887년 10월 29일 〈시애틀 선데이 스타(*Seattle Sunday Star*)〉지에 「시애틀 추장의 연설(Chief Seattle's Speech)」이라는 표제의 칼럼을 실었다. 그 글의 내용인즉, 시애틀 추장과 아이삭 스티븐스(Isaac I. Stevens) 워싱턴 주지사가 1854년에 시애틀 근처에서 처음 만났을 때 추장은 이런 말을 했다는 것이다. "백색 추장이 토지를 사고 싶으며 우리들을 평안하게 살게 해주고 싶다고 제의하였다. 우리들은 그것을 수락할 것이며 당신들이 제공하는 보호 구역으로 갈 것이다. 우리들의 종교는 조상의 전통들이다. 조상들은 푸른 계곡과 산과 호수들을 사랑한다." 시애틀 추장과 아이삭 스티븐스 주지사가 만난 지 30여 년 만의 일이었다.

그 후 1971년에 시나리오 작가이자 영화학 교수인 테드 페리(Ted Perry)는 「고향(Home)」이라는 제목으로 ABC TV 의 드라마 대본을 썼는데, 줄거리는 이렇다. "워싱턴의 대추장이 우리 땅을 사고 싶다는 전갈을 보내왔다. 그대들은 어떻게 하늘이나 땅의 온기를 사고 팔 수가 있는가? 우리에게는 이 땅의 모든 부분이 거룩하다. 빛나는 솔잎, 모래 기슭, 숲 속의 안개, 온갖 벌레들, 이 모두가 우리의 기억과 경험 속에서는 신성한 것들이다. 우리 땅을 사겠다는 제의를 고려해 보겠다. 우리가 동의한다면 그대들이 약속한 보호 구역을 가질 수 있을 것이다. 거기에서 우리는 얼마 남지 않은 날들을 마치게 될 것이다." 추장 이름을 빌린 필자의 말이다.

훗날 미국국립문서기록관리청 직원인 제리 크라크(Jerry L. Clark)는 관리청이 발행하는 1985년 〈프롤로그(*Prologue*)〉 봄호에 「시애틀 추장은 이렇게 말했다: 실증이 없는 연설의 이야기(Thus Spoke Chief Seattle: The Story of An Undocumented Speech)」라는 논문을 실었다. 글의 요지는 다음과 같다.

아무도 연설의 믿을 만한 증서를 찾아내지 못하였다. 추장의 연설은 미국 인디언 문학 선집에 자주 나타나는데 출처가 적혀 있지 않다. 관리청 문서에 보면 추장은 '나는 그대를 아버지로 생각한다. 이러한 느낌을 서류로 위대한 아버지에게 보낼 것이다'라는 기록만 있다.

올해 2009년 5월에 우리 부부는 딸의 안내를 받아 시애틀 다운타운의 파이어니어 광장(Pioneer Square)으로 시애틀 추장의 동상을 찾아갔다. 우리가 사는 뷰리엔 시에서 북쪽으로 이십 분 정도의 거리에 있다. 갤러리와 골동품 가게들 사이를 걸어 파이어니어 광장에 들어서니 'Where Seattle begins'라는 안내판이 가로등에 매달여 있었다. 시애틀이 시작되는 곳이라는 뜻이다. '시애틀 추장(Chief Seattle)'이라는 흉상 앞에 서서 모습을 자세히 보았다. 미국 영화에 나오는 인디언을 닮았다. 기록을 보면 추장은 1865년에 사진을 찍은 적이 있었다.

같은 해 7월 하순에 우리는 아들의 안내로 인근 도시에 가서 제63회 연례 벨뷰예술관 예술박람회(63rd Annual Bellevue Arts Museum Arts Fair)를 구경하였다. 관람객들에 섞여서 텐트 전시장을 돌아보며 유화 그림, 유리 그릇, 보석, 도자기 따위의 예술품을 감상하였다. 목각 전시관에 들렀더니 어떤 인디언 남자가 고유 복장을 하고 퉁소를 팔고 있었다. 우리들이 다가가자 한국 퉁소와 비슷한 퉁소를 입에 대고 불었다. 그 인디언 퉁소는 꾀꼬리 같은 음색을 지녔다.

그 해 11월 초순에 우리 부부는 아들과 함께 퓨젓 사운드 바다 너머 스쿼미시(Suquamish) 시에 있는 공동 묘지로 시애틀 추장의 무덤을 방문하였다. 우리들은 말없이 묘역 주위를 몇 바퀴 돌았다. 잔디로 덮인 무덤 위에는 백색 대리석 재질의 네모꼴 묘비가 서 있다. 앞면에는 「시애틀 추장 1866년 6월 7일 영면(Seattle, Chief of the Suquampsh and Allied Tribes, Died June 7, 1866, SEALTH)」이라는 비명을, 뒷면에는 '세례명 노아 셀즈 80세(Baptismal name, NOAH SEALTH, Age Probably 80 Years)'라는 글을 새겼고 묘비 위에

십자가를 세웠다. 무덤 앞에는 성조기가 꽂혀 있었다.

내년 봄에는 아내와 함께 블레이크 섬(Blake Island)에 있는 시애틀 추장의 출생지인 틸리컴 빌리지(Tilicum Village)를 방문하여 인디언식 요리도 먹고 그들의 민속춤도 구경하고 싶다. 틸리컴이란 인디언 말로 친절한 사람들이라는 뜻이라고 하지 않는가.

(2009. 12)

뉴욕 하이드 파크를 찾아서

날씨가 따뜻한 어느 여름날, 우리 내외는 손녀 손자와 함께 아들 차를 타고 뉴욕 주 하이드 파크(Hyde Park)로 프랭클린 루스벨트 기록관(Franklin D. Roosevelt Library and Museum)을 방문하였다. 비지터센터 직원에게 입장료를 내고 카드 세 장을 받았다.

사무실 남쪽 문을 나오니, 잔디 정원에 프랭클린 루스벨트 부부의 동상이 있고 저만치 프랭클린 루스벨트 기록관과 묘지(Gravesite)와 생가(Home of Franklin D. Roosevelt)가 보인다. 큼직하고 고풍스런 건물들과 생가 주위는 푸른 잔디와 나무로 둘러싸였다.

나는 고등학교 시절에 일본어로 쓰인 『프랭클린 루스벨트 자서전』을 읽은 기억을 더듬으며 아내와 아들, 손녀, 손자를 데리고 잔디밭 샛길을 걸어서 기록관으로 향하였다. 기다란 단층 건물

모퉁이마다 미국 국기가 게양되어 있었다. 현관에서 카드를 보이고 넓은 방으로 들어갔다. 프랭클린 루스벨트가 대통령이 되어 생산한 문서와 사진들 그리고 아내이자 훌륭한 정치적 파트너였던 엘리노어 루스벨트(Eleanor Roosevelt) 여사에 관한 자료들에 압도되었다.

우리들은 프랭클린 루스벨트 대통령이 뉴딜 정책을 창안하고 의회를 통과한 법률에 서명하는 장면을 보도한 신문이며, 1941년 12월 8일 일본에 대해 개전 선언을 해줄 것을 의회에 요청하는 문서며, 1943년 시실리(Sicily)를 시찰했을 때 드와이트 아이젠하워 장군과 찍은 사진이며, 미국이 주도한 1943년의 카이로 회담에 관한 자료며, 엘리노어 루스벨트 여사가 유엔인권위원회의 의장직을 맡아 세계 인권 선언의 채택을 주도한 문건들을 자세히 보았다. 프랭클린 루스벨트 대통령이 자필로 고친 개전 요청서는 세계 역사에 획을 그은 문서이자 명문이다.

기념관을 뒤로 하고 잔디밭 샛길로 해서 규모가 큰 생가를 찾아갔다. 프랭클린 루스벨트는 1882년에 이 집에서 태어났으며 허드슨 계곡(Hudson Valley) 대농장의 귀족적인 환경 속에서 가정 교사에게 교육을 받았다. 프랭클린은 14살 되던 해 기숙 학교로 가기 위해 집을 떠났는데, 뒷날 '유년을 되돌아보면 허드슨 계곡과 사람들의 평화로움과 일상에 깊은 인상을 받았다'고 회고한다.

조부모와 부모의 초상화, 어렸을 때 부모와 찍은 사진, 프랭클린의 침실, 타고 놀던 목마, 세례 증명서, 책이 가득한 서재, 아담하게 꾸민 식당과 그릇들, 로스쿨 시절에 받은 성적표, 멋진 결혼식과 신혼 여행, 모친에게 보낸 편지들, 자녀들과 찍은 부부 사진, 29세 때의 동상, 엘리노어가 쓰던 뜨개질 셋트 , 윈스턴 처칠 수상과 조지 6세 국왕이 묵었던 방들을 구경하였다. 프랭클린이 태어난 이층 침실의 침대는 한참 바라보았다.

생가를 나와 사무실로 가는 길에 장미정원(Rose Garden) 입구에서 발길을 멈추었다. 정원 가운데에 백색 대리석으로 만든 프랭클린 루스벨트와 엘리노어 루스벨트를 합장한 묘가 있고 주위에는 장미꽃이 만발하였다. 장방형의 석곽 측면에 부부의 이름과 생존 기간이 음각되었다. 세상에 남긴 부부의 발자취에 비하여 평범하기 이를 데가 없는 묘이다. 묘지를 향해 묵념을 하였다.

비지터센터 기념품 코너에는 프랭클린 루스벨트 대통령과 엘리노어 루스벨트에 관한 서적들과 기념품이 진열되어 있었다. 손녀에게 수딥따 바단 퀘일런(Sudipta Bardhan-Quallen) 작가가 쓴 『Franklin Delano Roosevelt: A National Hero』라는 책을, 그리고 손자에게는 모형 비행기를 사 주었다. 초등학교 4학년인 손녀는 취미가 독서이다.

비지터센터를 나오자, 아들은 우리들을 차에 태우고 허드슨 강이 보이는 미국요리학원(The Culinary Institute of America)으로 안내하였다. 붉은 벽돌로 지은 단아한 건물이다. 미국 최고의 요리

학원이며 현재 3천여 명의 학생들이 재학중이라고 한다. 학생 실습용 식당에서 볶음밥과 새우튀김과 스테이크를 주문해 먹었다. 우리 테이블을 맡은 한국인 학생은 학원 교육에 대해 자세히 소개하였다.

석양 무렵에 우리들은 비지터센터로 돌아왔다. 미니 버스를 타고 숲길을 지나며 엘리노어 루스벨트 생가로 향하였다. 인권 운동가로서 세계 역사에 큰 자취를 남긴 명성에 비해 서재와 식당이 검소해 보인다. 거실에 있는 하얀 상아가 눈길을 끌었다. 니키타 후루시쵸프, 마샬 티토, 하일레 셀라시에, 자와할랄 네루가 프랭클린 루스벨트의 묘를 참배한 뒤에 생가로 미망인을 방문했다고 한다.

정원으로 나오니 숲 속의 저녁 풍경이 따습다. 우리들 관광객들을 태운 미니 버스는 비지터센터를 향해 숲길을 달렸다.

[2010. 1 〈외교〉 92호]

할머니들의 시위

아내가 한국의 뉴스 채널을 켜니까, 웬 할머니들의 집회 모습이 화면에 가득 나타난다. 노란 조끼를 걸친 여러 명의 일본군 위안부 피해자 할머니들이 서울 중학동에 있는 일본대사관 앞에서 시위를 벌이고 있었다.

아나운서는 오늘 1월 13일 수요일 12시에 한국정신대문제 대책협의회가 900회째 수요 집회를 열었다고 보도하였다. 할머니들은 일본대사관을 향해 주먹을 힘차게 내뻗으며, '일본은 입법을 통해 일본군 위안부 문제를 조속히 해결하라'고 외친다.

한국의 오늘은 미국 날짜로 2010년 1월 12일이다. 할머니들의 면면을 보니 만감이 교차하였다. 서울에서 2004년 3월 17일 수요일 600회째 시위에 참가했을 때 본 얼굴들이다. 명함을 내게 준 이용수 할머니도 살았다. 시위를 1992년 1월 8일부터 벌였다.

수요 시위라는 말은 피해자 할머니들이 매주 수요일에 일본대
사관 앞에서 벌이는 시위를 뜻하는 고유 명사가 되었다. 한국정신
대연구소가 2000년 8월 발간한 『할머니 군위안부가 뭐예요?』
라는 책에 보면, 일본군 위안부의 정의는 이렇다.

"일본은 1930년대 초부터 일본 육해공 부대 전체에 군위안소를 세우
고, 식민지와 점령지에서 강제로 여성을 끌고 가, 군인들의 성노예로 사
용했다가, 전쟁이 끝난 후 현지에 버리고 왔다. 일본군인들은 이 여성들
을 일왕의 하사품으로 여겨, 그들의 성적 충동을 해소하는데 사용했다.
그 여성들 중에서도 조선의 미혼 여성이 가장 많았다. 이 여성들을 우리
는 '군위안부'라고 한다."

위의 책에 따르면, 1937년~1945년 당시 일본군이 724만여 명,
군속이 약 38만 명, 이외에 재외 일본인 관리를 포함하여 전체를
800만 정도로 잡으면 군위안부는 8만에서 28만에 달했을 것이란
다. 한국정신대문제 대책협의회와 정부가 파악한 위안부 피해자
는 199명이고, 2000년 6월 말 현재 돌아가신 분은 54명이다.

나는 1966년에 옛 버마 주재 한국총영사관에 부영사로 부임하
여 정무를 보았다. 어느 해 겨울날, 버마 언론인들을 랑군 프롬
가 18번지 B에 있는 집에 초청하여 만찬을 베풀었다. 모두 불고기
와 김치를 좋아하였다.

그때에 어느 기자가 나에게 이런 이야기를 들려 주었다. 일본군이 랑군에 주둔하고 있을 때에 한국인 위안부들(Korean comport women)도 있었는데, 그들이 무사히 한국으로 돌아갔는지 모르겠다고. 그 기자의 말이 아직도 귓전에 맴돈다.

「수요 시위(水曜示威)」라는 제목으로 기다란 수필을 써서 2004년 12월 〈지구문학〉 제28호에 실었다. 수필의 내용인즉, 내가 수요 시위에 여러 번 참가한 소감과 한국정신대문제 대책협의회 활동과 한일 양국의 입장, 그리고 나의 견해를 적었다.

외무부 선배들 중에 진인탁(陳仁鐸)이라는 시인 외교관이 있었다. 강원도 삼척 출신인 선배는, 일본 강점기인 1942년 4월에 징병 1기로 징집되어 중국 대륙에 주둔하는 일본군 부대를 전전하다가, 1946년 5월 중국 전선에서 생환하였다.

선배 외교관은 1953년부터 20년간 외무부에 근무하였다. 동국대학교와 삼척산업대 교수를 지냈으며 1991년 12월에 시집 『자화상』을 출간하였다. 이 시집에는 「挺身女」라는 시가 있다.

挺身女
－일본병정생활에서

두고 온 고향
끌려 온 산하.

버리게 된
늙은 어버이, 나는
외동딸.

발치에
양자강이 흐르고 있다.

초라한 초가
공출에 또 여자도 공출
그 때도 까마귀는 울부짖었다.

강물에
몸을 던진 그 어느 언니.

유곽
가시돋힌 철조망에
밤이 지샌다.

(2010. 2)

10. 낮달

동쪽 창가에서

쇠뜨기

달밤

낮달

김채순의 「마늘 한 톨」을 읽고

밀러스 크리크 빌리지

동쪽 창가에서

나의 서재에는 '公心如日月'이라는 붓글씨가 걸려 있다. 글씨 왼쪽에는 필방 이름과 '東窓下'라는 말과 작가 성명이 쓰여 있다. 붓글씨는 '공정한 마음은 해와 달과 같다'라는 뜻이다.

오늘 아침은 일찍이 서재에 들어가 동쪽 창문의 블라인드를 열었다. 그러자 창 밖 맞은편 집 뒤쪽에서 해가 떠오른다. 창문에 봄볕이 가득히 비쳤다. 창가에 앉아 컴퓨터를 켜고 네이버 메일함을 열어 봤더니 서울에 사는 고등학교 동창들이 메일을 보냈다.

눈길을 끄는 메일 제목은 「탕지반명(湯之盤銘)」이다. 중국 은(殷)나라의 탕왕(湯王)은 세숫대야에 좌우명을 새겨 넣고 곱게 늙기 위한 노력을 열심히 하였단다. 명문인즉 '구일신(苟日新)이어든 일일신(日日新)하고 우일신(又日新)이라'고 하였다. 진실로 새로운 삶을 살려면 나날이 새롭게 살아야 한다는 뜻이라고 한다.

내가 곱게 늙기 위해 만든 습관은 '혼자서 즐기는 것'과 '늙음과 죽음을 가끔가다 생각해 보는 것' 두 가지이다. 일본 소설가 소노 아야코(曾野綾子)가 짓고 오경순 가톨릭대학교 강사가 옮긴『나는 이렇게 나이들고 싶다』라는 책에도 '혼자서 즐기는 습관을 들여야 한다'와 '역시 미리 미리 늙는 것과 죽음에 대해 친숙해지는 편이 현명하다고 생각한다'라는 말이 있다.

어느 날 아침 서재의 동쪽 창가에 서서 블라인드를 여니 창 밖의 왼쪽 집들 사이에서 해가 비쳤다. 한국 달력을 보니 하지(夏至)가 지났다. 서울에 있는 문학 동호인이 보내 준 2009년〈白眉文學〉제15집을 읽었다. 「시애틀의 잠 못 이루는 밤」과 「불효자는 웁니다」라는 두 편의 수필을 실었다. 첫번째 작품은 시애틀에 이민 와서 보고 느낀 것들을 쓴 것이고, 두번째 작품은 나이가 들어가니 어머님 생각이 더욱 간절하다는 글이다.

그 잡지는 백미문학회라는 동아리가 발행하는 동인지다. 학교 선생들과 교육계 인사들 10명이 1994년 2월 4일 서울 정동에 있는 세실레스토랑에 모여서 창설했으며 2009년 여름에 회원이 60명을 넘었다. 나는 백미문학회의 창설 멤버이다. 해마다 방학 때가 되면 저명 문학가들을 초청해서 세미나도 열었고 참석자들과 문화 유적지를 답사도 하였으며 동인지를 발행하고 합평회도 가졌다. 백미문학은 내 문학의 고향이다.

어느 이른 아침에 서재의 동쪽 창문 밖을 내다보니 비가 내린

다. 숲과 호수의 시애틀 지역에 가을이 가고 있었다. 서재 테이블에 앉아서 전에 읽다가 만 리노이에 마사후미(李家正文)의 『찾아낸 2천년 전의 루트(探しあてた二千年前のルーツ)』라는 책을 읽었다. 일본 동경 주재 대사관에 근무하던 때인 1982년에 1,500엔을 주고 산 것이다.

일본인 필자는 성이 이씨라는 것에 의문을 품고 60여 년 간 자기 루트를 찾아 헤맸다고 하였다. 그 결과로 조상이 정유 재란(丁酉再亂) 때에 남원성에서 순국한 충장공(忠壯公) 이복남(李福男)이며 이복남의 선조는 신라 건국의 대공신 이알평(李謁平)이라는 사실을 알게 되었다. 필자는 1909년에 히로시마 현에서 태어났다. 국학원대학 국문과를 졸업했으며 아사히학생신문사 회장을 지냈다.

날씨가 써늘한 어느 날, 서재의 동쪽 창가에서 밖을 내다보니 바른쪽 집들 뒤에서 해가 뜨고 있었다. 계절은 겨울을 향해 달리고 있었다. 오전 내내 2009년 〈시애틀문학〉 제2집을 읽었다. 잡지에 처음으로 「꼬끼오!」와 「고사목」 두 편을 기고하였다. 「꼬끼오!」는 수필계의 거목 조경희 선생을 추모하는 글이고 「고사목」은 데모인(Des Moines) 시의 자연 사랑을 찬양하는 글이다.

시애틀문학 회원들은 두 해 전인 2007년 2월 3일에 한국문인협회 워싱턴 주 지부를 만들었다. 정관에서 "본회는 문학의 향상 발전과 회원 상호간의 친목을 도모하고 작가의 권익을 옹호하며 모국어를 통한 민족 정서의 함양과 문화 발전에 기여한다.''고 하였다. 회원들은 모두 48명이며 〈시애틀문학〉 3집에 실을 작품을 쓰고 있다.

서재의 동쪽 창문 밖에 12월 첫날이 밝았다. 이날은 아침부터 보슬비가 내린다. 시애틀 특유의 겨울 날씨인 것이다. 컴퓨터를 켜고 「청설모」 파일을 찾아서 작품을 퇴고하였다. 우리 부부가 사는 밀러스 크리크 마을(Village at Miller's Creek)의 숲에는 청설모가 살기에 그 짐승에 대해 쓴 수필이다.

어느 날 서재의 동쪽 창문 밖을 보니, 바로 맞은편 집 뒤쪽에서 해가 뜬다. 얼마 전까지 바른쪽 집들 뒤에서 떴다. 어느새 계절은 봄을 향해 가고 있었다. 컴퓨터 서류함에 보관해 놓은 「불효자는 웁니다」라는 파일을 열고 글을 영어로 옮겼다. 외국어로 번역하는 것이 재미있다.

(2010. 4)

쇠뜨기

유월 어느 날 오후에 나는 가죽 장갑을 손에 끼고 서쪽 뒤뜰로 갔다. 한 뼘이 넘게 자란 쇠뜨기의 녹색 줄기를 움켜쥐고 냅다 뽑으니까 뿌리째 뽑힌다. 사월 이후로 세 번째 뽑는다.

뒤뜰의 쇠뜨기는 한국 시골의 것보다 키가 크고 풍성하며 뿌리가 길다. 판자 담장 뒤쪽 숲에는 쇠뜨기가 군생(群生)하고 있는데, 큰 것들은 내 가슴까지 자란다. 동네 앞 큰길의 콘크리트 보도 틈새에도 돋아난다. 어떤 것은 다보록이 난 것이 소담스럽다.

충북대학 약학대 교수인 아우가 보낸 자료에 따르면, 쇠뜨기란 소가 잘 먹는 풀이라는 뜻이며 영어로는 'horsetail'이다. 다년생 풀이고 습지에 잘 자라며 생명력이 질기단다. 손자가 변비를 앓으면, 할머니가 쇠뜨기를 뜯어다가 말려서 가루를 내어 따뜻한 물에 먹였다는 것이다.

내 고향 논둑에는 쇠뜨기가 많이 자랐다. 돋는 부분이 뱀 머리 같다고 하여 뱀풀이라고도 하였다. 생식 줄기는 살색이고 둥근 기둥같이 생겼으며, 줄기 끝에 포자주머니가 달렸다가 터져서 시들었다. 뒤따라 녹색의 영양 줄기가 나오고 마디마다 솔잎처럼 생긴 잎이 많이 달렸다.

친척인 방귀희 방송 작가가 발행하는 장애인 계간 문학지 〈솟대문학〉의 김종태 편집장이 지은 「쇠뜨기」라는 시에는 "굳은 지조는 / 결코 뽑히지 않는다 // 뿌리가 파헤쳐질 망정 // 조각조각 온몸이 뜯겨 / 동강이 날 망정"이라는 표현이 있다. 생물들의 속성이 모두 그렇지 않겠는가.

우리 집 뒤뜰은 습지이다. 며칠이 지나니 땅에서 또 쇠뜨기가 나왔다. 쇠뜨기 뿌리는 산성 물질을 분비하여 토양을 산성으로 변화시키므로 근처에 식물들이 못 큰다더니 다른 풀들은 키가 작았다.

가을이 되었다. 뒤뜰의 쇠뜨기들이 누렇게 말라간다. 어떤 놈은 땅에 쓰러져 있는데, 줄기가 휜 것이 동물의 등골뼈같이 보인다. 시든 쇠뜨기마저 뽑아 버리자, 암갈색 뿌리가 드러났다.

어느 겨울날 아침, 데크에 나와 뒤뜰을 내려다보니 서리가 내렸다. 여름에 뽑히지 않고 살아남은 쇠뜨기들은 땅속에서 무슨 꿈을 꾸고 있을까. 흙을 밀치고 나오고 싶겠지.

우리 집의 서쪽 뒤뜰에 봄볕이 들었다. 연한 갈색을 띤 둥근

쇠뜨기 줄기와 초록색 잎을 가진 쇠뜨기 줄기들이 땅속에서 솟았
다. 생식 줄기들은 줄기 끝에 주머니를 달았다.
　선인들은 생식 줄기를 가리켜 필두채(筆頭菜)니 토필(土筆)이니
하였다. 포자낭수(胞子囊穗)가 붓끝처럼 보인다는 말이다. 그런 별
칭에 대한 쇠뜨기의 생각은 어떨까?

[2010. 7 재미 〈문화저널〉 142호]

달밤

　밤중에 침대에서 일어났더니, 창 밖에 달이 보인다. 우리 집 담장 너머에 우뚝 서 있는 침엽수 옆에 떴다. 모습이 둥그런 달이다. 화장실에 다녀와서 아내 옆에 누웠다. 한잠 잔 뒤라 쉬이 잠이 오지 않는다.

　나무 옆에 뜬 달을 보니, 나는 몇 해 전에 서울시립미술관에서 관람한 반 고흐(Van Gogh)의 그림 「프로방스의 시골길 야경(Country road in Provence by night)」이 연상되었다. 그림 아래쪽의 널찍한 시골 길을 농부 두 사람이 걸어오고, 농부들 뒤쪽의 길가에 사이프러스 나무가 우뚝 서 있고, 휘어진 나무는 누런 밭에 둘러싸여 있으며, 바른쪽 길 너머에 농가가 보였다.

　화면 가운데 위쪽에 밤하늘을 그렸는데, 밝은 별은 나무 왼쪽에 그렸다. 상현달은 나무 바른쪽에서 별과 함께 소용돌이치는 빛을 밤하늘에, 사이프러스 나무에, 밀밭에, 시골 길에, 농부들에, 그리고 농가 지붕에 비치고 있어서, 야경이 빛의 물결로 굽이치는 듯하였다.

그 그림은 밤의 서사시를 표현한 것이라 생각하니, 내 관심은 시골 길 너머에 조그맣게 그려졌으나 굴뚝에 연기가 나고 창문에 노란색 불빛이 켜진 농가들에 쏠렸다. 농가의 주인공들은 식탁에 둘러앉아 저녁을 들고 있을까, 소파에 앉아 쉬고 있을까 아니면 자고 있을까?

달밤을 그린 그림으로 말하면, 조선 후기의 풍속 화가인 신윤복(申潤福)의 「월하정인(月下情人)」이 으뜸갈 것이다. 그 그림인즉, 어스름한 달밤에 갓을 쓰고 중치막을 입은 남자가 호롱불을 들고 낡은 집 담장 아래서 쓰개치마를 쓴 여인을 보며 서 있고, 그 여인은 고개를 살짝 숙이고 있다.

그림 속의 왼쪽 담장에는 '月沈沈夜三更 兩人心事兩人知'라는 글씨가 쓰여 있고 담장 너머에 상현달이 떴다. 그 글의 뜻은 '달빛도 침침한 삼경의 밤인데 두 사람 속은 그 둘만이 안다'이다. 평범한 남녀의 만남이라고는 볼 수 없는 광경인데, 그 둘은 무슨 밀어(密語)를 나누고 있을까?

그 그림의 화제(畵題)란 가객 본연의 풍류에 대한 향수라고 상상하였다. 오줌이 마려워 침대에서 일어났더니, 창 밖에 달이 보이지 않는다. 화장실에 다녀와서 아내 옆에 누웠다. 그림에서 달을 지워 버린다면 그림이 어떻게 보일 것인가를 생각하다가 잠이 들었다.

나는 꿈결에 남자와 여자의 알몸을 보았다. 민감한 부위를 빨간 색 또는 노란색으로 칠한 그들은, 자전거를 타고 연도에 운집한 군중에게 몸매를 보이며 거리를 행진하고 있었다. 아침 일찍이 아내와 함께 현장에 가서 자리를 잡고 있다가 구경하게 되었다.

어떤 남성은 자전거를 타고 지나가며 손을 흔들었고, 어떤 여성은 자전거를 세우고 관객들과 사진을 찍었고, 또 어떤 남성과 여성은 서로 웃으며 자전거를 같이 타고 있었다. 관객들은 남녀 노소 할 것 없이 진귀한 나체 시위에 박수 갈채를 보냈다.

아침에 잠을 깨 보니, 꿈결에 나타난 장면은 지난달에 시애틀 노우드 36가 프리몬트 마을에서 히피족이 하지 축제(Summer Solstice Festival)의 행사로 벌인 퍼레이드였다. 축제를 되새겨 보니 웃음이 나왔다.

(2010 여름)

낮달

오늘 오후는 데모인(Des Moines) 시의 바닷가 마을로 딸 내외가 경영하는 작은 회사를 방문하였다. 내가 사는 밀러스 크리크 마을(Village at Miller's Creek)에서 차로 15분 정도가 걸리는 곳이다.

서향 2층 집의 앞쪽 화단에서 시애틀의 따뜻한 가을볕을 쬐고 있는 금잔화에 물부터 주었다. 몸을 굽혀 새로 자란 잡초를 뽑노라니 허리가 아프다. 모종삽으로 뿌리를 잘라가며 뽑다가 일어섰다. 잡초들을 모아 종이 부대에 담았다. 하늘을 보니 낮달이 떴다.

허리를 꼬부리고 잡초를 마저 뽑았다. 허리가 다시 아파 와서 일어나 허리를 폈다. 서쪽으로 푸른 숲에 둘러싸인 퓨젓 사운드(Puget Sound)가 보였다. 그 바다에는 연어들이 모인다. 이맘때가 되면 연어들은 거기서 만나 태어난 개울이나 호수를 찾아간다.

콘크리트로 된 화단 테두리와 아스팔트 주차장 사이를 살펴보았다. 톱니 모양의 잎을 가진 잡초가 눈에 띄었다. 어떤 잡초는 꽃을 피웠다. 가죽 장갑을 손에 끼고 잡초들을 뽑았다. 주차장 틈새에 있는 잡초도 모종삽으로 파냈다.

육십여 년 전 어느 해 봄에 나는 고향 동네에서 시내에 있는 중학교에 다녔다. 그 당시 아버지는 도청에 다니는 한편 집에서 농사를 지었다. 머슴도 두었고 소도 먹였다.

중학교 일학년 여름 방학을 맞게 되었다. 그 해 여름에는 새경이 올라서 머슴을 두지 못하였다. 꼴을 베어 와야 할 일꾼이 없고 보니 아버지의 걱정이 매우 크셨다. 농사는 소가 지었다.

날마다 점심을 먹고 나서 꼴을 베러 들로 나갔다. 낫으로 소가 잘 먹는 바랭이를 베어 지게에 한 짐을 지고 땅거미질 때에 집으로 돌아왔다. 그러면 아버지가 풀을 외양간에 있는 소에게 가져다 주었고 어머니는 마루에 저녁을 차렸다.

나는 낫질이 서툴러서 꼴을 벨 때는 가끔 손가락을 베었다. 여름 방학이 끝나는 날, 손가락에 난 크고 작은 상처 자국들을 세어 보니까 열 군데가 있었는데 눈썹 모양의 낮달 같았다.

지금은 낫자국 흉터가 굵은 주름에 묻혀 버렸다. 그러나 큰 흉터는 아직도 눈에 띄어서 노동의 고귀함을 일깨워 준다.

[2010. 8 〈한국수필〉 186호]

김채순의 「마늘 한 톨」을 읽고

아래의 글은 시애틀문학회의 김채순 문우가 2008년 12월 〈시애틀문학〉 창간호에 「마늘 한 톨」이라는 제목으로 쓴 수필을 요약한 것이다. 김채순 님은 노년기의 나이에 수필을 공부한다.

뒤란에서 마늘이 자라는 것을 보니 옛 생각이 났다. 하와이로 이민을 와서 살 때였다. 어느 날 음식을 준비하다 보니 마늘이 떨어져서 이웃 마켓으로 달려갔다. 봉지에 마늘을 담아 가지고 계산대로 오니 고객들이 길게 줄을 서 있었다. 마늘을 제자리에 갖다 놓고 돌아서다가 그 중 한 톨을 손지갑에 넣었다.

그 후부터 마늘 껍질을 벗길 때마다 그 일이 생각나서 회한에 잠기곤 하였다. 십계명을 봉독하며 오랜 세월을 보냈다. 이제 죄인이라고 고백할 수 있는 용기를 얻었음을 하나님께 감사드린다.

나는 '마늘 껍질을 벗길 때마다 그 일이 생각났다'는 대목을 읽고 '사람은 양심을 속이고는 못 산다'가 글의 주제라고 생각하였다. 그리고 필자가 마늘 한 톨을 손지갑에 넣은 행동을 어떻게 보아야 하는지에 대해 고민도 많이 했으며 책도 읽었다.

일본의 고치대학 교수 5명이 구성한 도둑연구회가 출간하고 송현아 교수가 번역한 『도둑의 문화사(원제: 盜みの文化誌)』라는 책의 머리말에 보면, "도둑질도 문화 현상이다."라는 말이 나온다. 첫 번째 장의 「도둑질의 인간적 측면」이라는 항목에는 "도둑질에는 다른 범죄 행위에서 볼 수 없는 특색이 있지는 않을까? 애교스러움 내지는 인간적인 측면이 있는 것 같다. 반사회적인 행위임에는 틀림없지만 살인이나 사기 등에 나타나는 음습함은 없다."라는 대목도 있다. 도둑질의 성격이 그렇다면, 김채순 수필가의 행동을 어떻게 보아야 할까? 고치대학 교수들의 저서를 읽어 보고 나는 김채순 님이 마늘 한 톨을 손지갑에 넣은 것을 가지고 너무 마음 고생을 했다고 생각하게 되었다.

독일의 철학자 한스 파이힝겔(Hans Vaihinger)에게는 『'인 것 같은'의 철학(Die Philosophie des Als-ob)』이라는 저서가 있다. 그의 연구서에 따라 김채순 작가의 행동을 해석한다면 이렇게 될 것이다. 어떤 사람이 김채순 님과 같은 성격을 가지고 태어났고 같은 행동 시점에 놓여 있었으며 같은 처지에 빠졌다고 한다면, 그 사람은 딴 행동을 할 수가 있었을까? 그 사람도 김채순 님과 같은 행동을 할 수밖에 없었을 것이다. 그러나 인간은 자유 의사라는 것이 존재하는 것처럼 행동하지 아니하면 아니 된다. 다시 말해서 우리는 사회 생활을 영위하기 위해 그 사람은 딴 행동을 할 수가 있었다고 생각하는 것이다. 인간에게 자유 의사가 존재한다는 명제가 성립할 수밖에 없다면, 김채순 님이 마늘 한 톨을 손지갑에 넣은 행동은 옳지 않은 것이다.

미국의 제리 화이트 박사(Dr. Jerry White)는 『정직, 도덕, 그리고 양심(Honesty, Morality & Conscience)』이라는 책에서 사람의 정직함을 네 가지로 분석하고 있다. 첫째는 거짓말을 하지 않는 것이다. 가장 일반적인 정직이다. 둘째는 범법 행위를 하지 않는 것이다. 남들이 뭐라고 하든 법을 잘 지켜 나간다. 셋째는 자신의 양심에 따라 양심을 깨끗이 지키는 것이다. 체면보다 자기 성찰을 중히 여긴다. 넷째는 하나님 말씀에 따라 정직을 지키는 것이다. 성경적 정직을 지킴을 말한다. 제리 화이트 박사의 정직함 연구에 비추어 볼 때 김채순 수필가의 양심은 어떤 성격을 띠고 있을까? 김채순 님은 마늘 한 톨을 손지갑에 넣은 일로 십계명을 봉독하며 고민하였다. 마침내 김채순 문우는 하나님께 용서를 비는 글을 동호인들이 내는 문예지에 실었다.

도둑질은 거짓말에서부터 시작된다. 학자들의 연구에 의하면, 사람들이 거짓말을 하고 남을 속이는 근본 원인은 이기심이다.

두번째는 명예욕 때문에 거짓말을 한다. 세번째는 현재만 생각하고 몇 년 후의 일을 생각하지 않아서 거짓말을 하게 된다. 거기에 나는 교육의 내실을 더하고 싶다. 교육은 가정 교육이 제일 중요한 것이다. 자기 주장만 우기지 않고 남의 처지도 생각하는, 피부에 와 닿는 교육이 절실하다.

어느 날 김채순 문우는 마켓에서 마늘 한 톨을 손지갑에 집어 넣었다. 그 후로 집에서 마늘 껍질을 깔 때마다 그 일이 생각났다니 얼마나 마음 고생을 했겠는가. 사람이란 정직이 회복될 때에 진정한 행복을 느끼게 된다. 김채순 님의 수필은 아이들을 위한 훈화 자료로 좋을 듯하다.

[2010. 8 〈시애틀문학〉 3집]

11. 아내의 바느질

간 나오토 총리의 담화에 대한 단상

청설모

아내의 바느질

수필과 마음밭

센다이 즈이간지의 와룡매

간 나오토 총리의 담화에 대한 단상

한국 병탄(倂呑) 100년을 맞이하여 간 나오토(菅直人) 일본 총리가 2010년 8월 10일 오늘 담화를 발표하였다. 담화의 내용을 요약하면 다음과 같다.

한국인들의 뜻에 반하여 일한병합조약(日韓倂合條約)이 체결되어 한국인들이 받은 다대한 손해와 고통에 대해 통절한 반성과 사죄의 심정을 표명합니다.

이러한 인식 하에 앞으로의 100년을 바라보면서 미래 지향적인 일한 관계를 구축해 가겠습니다. 한반도 출신자의 유골 반환을 금후에도 지원하고 조선왕조의궤도 조속히 넘기겠습니다.

오늘날 양국의 교류는 다방면에 걸쳐 있으며 양국 국민 사이의 우정은 전례 없이 강합니다. 이러한 역사의 전환을 계기로 양국의 유대가 보다 깊고 확고해지는 것을 간절히 희구함과 동시에 양국 사이의 미래를 위해 노력을 아끼지 않겠습니다.

　나는 일본 총리의 담화를 읽고 하시모토 겡고(橋本健午) 문사가 1982년에 출판한 저서 『아버지는 조국을 팔았나(父は 祖國を 賣ったか)』를 연상하였다. 담화에 병합(倂合)이라는 말이 들었기 때문이다. 일진회(一進會) 회장을 지낸 이용구(李容九)의 아들 오오히가시 구니오(大東國男)에 대해 논한 책인데 요지는 이렇다.

　1885년(명치18)에 일본의 입장과 인식에 대해 상반되는 두 개의 논문이 발표되었다. 국가주의·아시아주의 운동의 선각자 다루이 도키치(樽井藤吉)가 쓴 「대동합방론(大東合邦論)」과 서양주의자요 게이오기주쿠(慶應義塾)의 창시자인 후쿠자와 유키치(福澤諭吉)의 「탈아론(脫亞論)」이 그것이다.
　일본 정부는 다루이 도키치의 「대동합방론」에 기대고 있던 이용구(李容九)를 이용하여 후쿠자와의 「탈아론」을 실천에 옮겼다. 일진회 회장 이용구가 백만 회원의 연명으로 소네 아라스케(曾禰荒助) 통감, 한국 황제, 총리대신 이완용(李完用)에게 제출한 합방 청원서의 실제 집필자는 일본 민간인 협력자 다케다 한시(武田範之)이다. 이용구는 일한병합조약(日韓倂合條約)의 거래에는 관여하지 않았다. 만약 매국노라는 말을 사용한다면, 그것은 다른 사람에게 바쳐야 할 것이다.

다루이 도키치에 의하면, 「대동합방론」이란 일본과 한국은 서로 합방해서 대동국(大東國)이라는 상위 국가를 만들어 서구로부터 아시아를 지켜야 하며 중국은 이와 동맹해야 한다는 구상이다. 후쿠자와 유키치에 따르면, 「탈아론」이란 한국과 중국은 수년 내에 망국(亡國)이 되고 그 국토는 세계 문명국가들에게 분할되는 것은 의심의 여지가 없으므로 일본은 서양의 문명국과 진퇴를 같이 하며 한국과 중국을 이웃이라고 해서 특별 취급을 하지 않는다는 주의이다.

이용구는 아들의 이름도 오오히가시 구니오(大東國男)라고 지을 만큼 「대동합방론」을 믿었고 일한병합조약의 거래를 알지 못했다고 하여도, 매국노란 말을 듣는 것은 너무나 당연하다. 다루이 도키치의 「대동합방론」은 한국 병탄의 방법론을 제시한 것이고, 후쿠자와 유키치의 「탈아론」은 한국과 중국 침략의 논리적 기반을 제시한 것이 아닌가.

일본 주재 한국대사관에 참사관으로 근무하던 시절인 1982년 어느 봄날, 동경일한친선협회 야기 노부오(八木信雄) 이사가 사무실로 나를 찾아왔다. 그는 일한 우호를 위해 힘쓰고 있다고 하면서 나에게 『일본과 한국(日本と韓國)』이라는 저서를 건넸다. 저서에는 "이용구(李容九)는 내가 조선총독부 경무국 보안과장을 지낼 때 알았다. 그는 다루이(樽井)의 「대동합방론」에 공명하여 일본과의 연방 또는 대등 합방을 구상하고 그 실현을 위해 노력했으나,

안중근의 사건으로 그 꿈이 깨지고 말았다”고 적혀 있었다. 나는 야기 노부오 이사의 좁은 식견에 크게 실망하였다.

후쿠오카(福岡) 총영사관에서 영사로 있을 때였다. 어느 겨울날, 시내 서점에서 정치 및 외교사 학자인 요시노 자쿠조(吉野作造)가 1916년(대정 5)에 출간한 『극동의 외교(極東の外交)』라는 고서를 샀다. 제1장의 「극동 외교의 특징」에 보니, “지나(支那)가 열강 이해의 대상이 된 원인 중의 하나는 지나 자체가 너무 노쇠하여 활동 능력이 결핍해서 그러한 사정이 세계에 폭로되었기 때문이다.”라는 말이 있었다. 중국은 외침을 자초했다는 것이다.

센다이(仙臺) 총영사관에서 공관장으로 일할 때인 1988년 8월 첫날, 아오모리 현(靑森縣)의 고쇼가와라(五所川原) 일한친선협회가 88 서울올림픽의 성공을 기원하기 위해 마련한 모임에 참석하였다. 주최자측은 행사가 끝나자 참석자들을 술집으로 안내하였다. 다들 바에 앉아서 즐겁게 산토리 위스키를 마시고 있는데, 어떤 일본 노인이 일어나 “나는 중학교 다닐 때 선생이 진무 천황(神武天皇)은 도래인(渡來人)이라고 하였다”고 말하였다. 진무 천황은 일본의 초대 천황이며 도래인이란 한반도에서 건너온 사람이란 뜻이다.

그 이듬해 가을, 센다이 근방에 있는 아끼우 온천 호텔에서 동경에 사는 김달수(金達壽) 작가를 만났다. 그는 동북전력주식회사가 발행하는 문화 정보지 〈하얀 나라의 시(白い國の詩)〉의 편집장

기노시다 고오호(木下耕甫)를 만나는 자리에 나를 초대했던 것이다. 두 사람은 나의 지우들이었다. 그 자리에서 김달수 작가는 기노시다 편집장에게 "나가소네 야스히로(中曾根康弘) 수상이 방한하기 직전에 나를 불러 자문을 구하기에 천황가는 도래인의 자손이며 신라신(新羅神) 두 분과 백제신(百濟神) 한 분에게 제사를 지낸다고 일러 주었다'고 말하였다. 애주가인 김달수 님은 『현해탄(玄海灘)』과 『일본 속의 조선 문화(日本の中の朝鮮文化)』 등의 작품을 남겼다.

나의 지인이요 재일 동포 문인인 이유환(李諭煥)은 『한국에서 본 일본 문화(韓國から見た日本文化)』라는 일본 문화 비평서를 썼다. 이 책의 「천황 국가(天皇國家)와 황국 사상(皇國思想)」의 장에 다음과 같은 말이 나온다.

"1878년(명치 11)의 일이었다. 문부 소보(文部少輔) 간다 다카히라(神田孝平)가 어느 연설에서 '황실(皇室)의 선조는 조선에서 건너 왔다'고 말하였다. 이 말을 전해 들은 메이지 천황(明治天皇)은 노하고, 문부경(文部卿) 사이고 쓰쿠미치(西卿從道)를 보내어 그 발언을 취소하고 사죄하도록 하였다. 천황가의 선조가 조선계(朝鮮系)였다고 해도 그것을 밝히려고 해서는 안 된다. 바야흐로 천황은 신위(神位)에 올라 국가를 통치하기 때문에, 모든 과거를 끊고 초월한 신권(神權)의 주인이라는 것을 천황 자신이 자각하며, 또 이것이 국가의 의지이기 때문이다. 문부 소보(차관)가 거역한 일이 취소와 사죄로 끝난 것은 메이지 초기였기 때문이며, 헌법이나 교육 칙어(敎育勅語)가 발포된 후의 일이었다면, 훗날 남작(男爵)까지 된 간다의 장래는 달랐을 것이다.”

　교육 칙어는 1890년(명치 23) 10월에 발표되었다. ‘짐이 생각하건대 우리 황조 황종(皇祖皇宗)이 나라를 열고 굉원(宏遠)한 덕을 세움이　심후하도다(朕惟フ二我カ皇祖皇宗國ヲ肇ムルコト宏遠二德ヲ樹ツルコト深厚ナリ)’라는 말로 시작된다. 황조는 건국 신화에 나오는 천황을 뜻하며 황종은 역대 천황을 지칭한다. 내가 국민학교 다니던 시절에 일본인 교장은 그 칙어를 어린 생도들에게 읽어 주었다.
　주한 일본대사를 지낸 가나야마 마사히데(金山政英)는 1990년에 『일한 신시대의 꿈(日韓新時代の夢)』이라는 책을 냈다. 대사는 저서의 서문에 “과거를 반성하며 금후의 일한 관계를 위해 노력하고 싶다는 것이 대사로 근무할 때의 심정이었다.”고 썼으며, 본문에서 일본의 한국 병합을 가리켜 ‘약탈적인 병합(掠奪的の倂合)’이라 칭하고 있다. 하지만 일본은 국방을 안전하게 하기 위해 방위선을 일본 밖에 설치하고 적의 침입을 일본 밖의 지역에서 막아야 한다고 주창한 후쿠자와 유키치는 일만 엔짜리 지폐의 초상화 인물로 살아 있지 않은가.
　우국 지사 매천(梅泉) 황현(黃玹)은 1855년에 전라도 광양군 봉강면 서석촌(西石村)에서 나서 구례로 이사하여 살며 『매천야록(梅泉

野錄)』을 저술한 위대한 선비이다. 영상 황희(黃喜)의 자손인 선생은 한국 병탄의 소식을 전해 듣자 칠언 절구(七言絕句)의 유시(遺詩)를 남기고 음독 순절하였다. 그 시의 내용은 아래와 같다.

鳥獸哀鳴海嶽嚬

槿花世界已沈淪

秋燈掩卷懷千古

難作人間識字人

새도 짐승도 슬피 울고 해악도 찡그린다

무궁화 나라는 그만 가라앉고 말았구나

가을 등불 아래 책 덮고 옛일을 생각하니

인간 세상에 식자인 되기가 어렵구나

(2010. 9)

청설모

　내가 아내를 앞세우고 현관문을 나오니, 먼동이 트기 시작하였다. 잔디밭 사이에 있는 마을 가운데 길을 지나서, 마을 앞 큰길로 나섰다.　건너편 수목들 너머에서 가을 바람이 불어온다.

　늘 걷던 대로 앰바움 불바드의 남쪽 보도로 발길을 옮겼다.　길가의 숲에서 시냇물 흐르는 소리가 들려 온다. 저만치 청설모 한 마리가 2차선의 아스팔트 차도를 쏜살같이 건너갔다.　비행기 동체가 회색인 유나이트 여객기가 활주로를 냅다 달리는 모습처럼 보였다.

　내가 수름재라는 고향 동네에서 읍내에 있는 국민학교 1학년에 다니던 시절이었다. 그 해 여름 어느 날, 그날도 수업을 마치고 읍내 어귀를 넘어서 귀가 길에 올랐다. 도로변에는 낙엽송과 오리

나무가 울창하였다. 때마침 다람쥐처럼 생기고 털이 잿빛이며 꼬리가 기다란 짐승이 신작로를 건너가는 모습이 보였다. 청설모인데 처음 보았다.

오랜 세월이 지난 어느 가을, 나는 일본 센다이(仙臺) 주재 총영사관에 공관장으로 근무하게 되었다. 이듬해 정월에 아내와 더불어 미야기 현(宮城縣) 태평양 연안으로 벼루 산지인 오가쓰(雄勝)를 방문하였다. 미국 대학에 유학중인 두 아들에게 보내어 선비의 상징으로 삼게 하기 위해 벼루 2개를 샀다. 그 벼루의 색깔이 회색이었다.

나이가 들자 공직을 접고 서울의 노량진동 집에서 집필로 소일하게 되었다. 후학들을 위해 지은 것이『영문편지 쓰는 법』이라는 학술서이고, 내 인생의 발자국을 기술한 것이『소렌토 아리랑』이라는 수필집이다. 글을 쓰다가 틈틈이 서울 관악산(冠岳山)을 찾았는데, 가을에는 청설모가 도토리를 따먹는 모습이 눈에 띄었다.

올 여름에는 우리 내외가 뉴욕 주의 니스카유나에 사는 둘째 아들 집을 방문하였다. 지난 4월에 미국 서북부의 뷰리엔(Burien) 시로 이민을 온 후 처음으로 찾아갔다. 집 주위에는 나무가 울창하고 마을도 고풍스러워 보였다. 잔디밭에 나타난 청설모를 손자는 쫓아가곤 하였다.

우리는 침엽수가 울창한 앰바움 불바드의 보도를 걸어서 사우

드 174 스트리트까지 갔다가 발길을 돌렸다. 숲 속에서 빨간 열매를 따먹는 청설모의 모습이 예뻤다. 나는 조이스 킬머의 「나무」라는 시가 불현듯 연상되었다. 첫 연과 마지막 연이 절창이다.

Trees

Joyce Kilmer

I think that I shall never see
A poem lovely as a tree.

A tree whose hungry mouth is prest
Against the earth's sweet flowing breast;

A tree that looks at God all day,
And lifts her leafy arms to pray;

A tree that may in summer wear
A nest of robins in her hair;

Upon whose bosom snow has lain;
Who intimately lives with rain.

Poems are made by fools like me,
But only God can make a tree.

나무

조이스 킬머

나무처럼 아름다운 시를
나는 결코 보지 못하리

단물 흐르는 대지의 젖가슴에
허기진 입을 대고 서 있는 나무

온종일 하나님을 바라보며
잎 무성한 팔을 들어 기도하는 나무

여름에는 머리칼에 개똥지빠귀의
둥지를 짓게 하는 나무

그 품에 흰 눈이 쌓이고
비와 더불어 정답게 살아가는 나무

시는 나 같은 바보가 쓰지만
나무를 만드는 건 하나님뿐

조이스 킬머 시인은 1886년 미국 뉴저지에서 태어나 1918년 1차 세계 대전 때에 프랑스에서 전사하였다. 시집으로 『Trees and Other Poems』을 남겼다. 1913년 잡지 〈Poetry〉에 발표한 「나무(Trees)」는 소박한 감상과 철학을 지니고 있다.

(2010. 10)

아내의 바느질

아내가 건조기에서 빨래들을 끄집어내어, 바구니에 담아 가지고 저녁 햇빛이 비치는 거실 가운데에 쏟아 놓았다. 아내는 일주일에 한 번꼴로 세탁기를 돌린다.

아내는 자기 내복과 양말을, 나는 나의 내복과 양말을 골라 손으로 개어서 바구니에 담았다. 내 양말들 중에는 기운 것도 있다. 아내의 양말에도 꿰맨 것이 있다.

기운 양말들은 아내가 세탁해서 바늘로 꿰맨 것들이다. 아내에게 지금은 일회 용품 시대이니 떨어진 양말 따위는 버리자고 하였다. 그러나 서울에서 자식들이 초등학교를 다닐 때 양말이 뚫어지면 헝겊을 대고 꿰매던 아내는 버릇을 못 버리는 모양이다.

기운 양말을 보니, 어머님이 꿰매어 준 양말을 신고 고향 동네에서 시내에 있는 국민학교에 다니던 시절이 떠오른다. 그때는 광복 전후 무렵이었는데, 식량과 생활 필수품이 부족하여 모두가 살기 어려웠다.

나는 집에서 학교까지 십리 반이나 되는 신작로를 걸어서 통학했기 때문에 신발과 양말이 쉬이 떨어졌다. 저학년 때에는 운동화를 신고 통학했는데, 고학년 때에는 찜질방에서 신는 동궁랜드 나막신처럼 생긴 나무 신발을 신고 다녔던 것이다.

어머님은 여름철의 짧은 밤이나 겨울철의 긴 밤이나 등잔불 밑에서 떨어진 양말을 꿰매었다. 눈이 어두워지니 자식들에게 바늘귀에 실을 꿰어 달라고 하였으며, 밤늦게까지 양말을 깁기가 일쑤였다. 어머님의 모습이 아직도 눈에 선하다.

날씨가 따뜻한 어느 날「조침문(弔針文)」이라는 고전 한글 수필이 생각나서 인터넷으로 검색하였다. 작자는 "유세차(維歲次) 모년 모일에 미망인 모씨는 두어 자 글로써 침자(針子)에게 고하노니"라는 말로 글을 시작하였다. 『그랜드 국어사전』에 보면, 「조침문」의 풀이는 이렇다.

조선 순조 때에 유씨(兪氏) 부인이 지은 수필. 바늘을 의인화한 것으로, 남편을 여의고, 바느질에 재미를 붙여 나날을 보내던 어느 날, 쓰던 바늘이 부러지자 슬픈 심정을 누를 길이 없어 이 글을 지었다고 함. 제침문.

　작자는 "널로 하여 시름을 잊고 생애를 도움이 적지 아니하더
니, 오늘날 너를 영결하니, 오호 통재라"고 써 내려갔다. 글 전편
에 흐르는 주제는 '남편을 일찍이 여읜 과부의 한'이고 글의 바탕
이 되는 재료는 '바늘'이다.

　평자들이 이르기를 「조침문」은 여류 고전 수필의 백미라고 하
였다. 옛날에 그렇게도 간명하고 섬세하고 우아한 글이 있을 줄은
몰랐다. 제재가 주제를 뒷받침하는 전범이라 생각된다.

　오늘 오후는 창 밖에 비가 내린다. 시애틀에 가을이 깊었음을
알리는 부슬비이다. 컴퓨터 앞에 앉아 한글 자판을 두드리며 「아
내의 바느질」을 퇴고하였다. 거실 책장에 있는 자료를 보기 위해
아래층으로 내려갔다.

　아내는 돋보기를 쓰고 소파에 앉아서 내 양말을 바늘로 꿰매고
있었다. 구멍이 났는지라 내가 비닐 봉지에 넣어서 차고에 두었었
다. 손가락 끝에 낀 골무는 서울에서 쓰던 것이다.

　나는 말없이 아내 옆에 앉았다. 아내는 바느질을 끝내자, 바늘
이랑 실이랑 골무를 반짇고리에 담아서 서랍에 넣었다. 그러고는
헌 것이 있어야 새 것이 있다고 하였다.

(2010. 초겨울)

수필과 마음밭

내 서재 창에 2011년 첫 아침이 밝았다. 지하방에 가서 『日本の 名隨筆13 心』이라는 책을 찾아보았다. 사쿠힝샤(作品社)에서 1984년에 발행한 수필집이다. '마음 심(心)' 자는 일본어로 '고고로'라고 읽는다.

센다이(仙臺) 주재 한국총영사관에 공관장으로 근무할 때인 1988년 봄에 샀으니까, 햇수로 23년 만에 읽었다. 책에는 31편의 명수필이 있는데, 고노 다에코(河野多惠子)의 「마음 씀씀이(心づかい)」가 눈길을 끌었다. 작자는 여류 소설가다. 글의 요지는 이렇다.

도쿄에 사는 나는 조카에게 줄 우표용 핀셋을 사가지고 고향에 가기 위해, 긴자(銀座)에 있는 어느 백화점을 찾아갔다. 조카는 오사카에서 소학교 3학년에 다닌다.

문방구 매장으로 가서 안내 양에게 우표용 핀셋을 파는 장소를 물었다. 컴퍼스 파는 여자 직원한테 가라고 하였다. 그리 갔더니 여자 점원은 저쪽에 있는 남자 점원이 판다고 하였다. 그 남자에게 가자 여자 점원에게 가라고 하였고 여자 점원은 남자 점원이 판다는 것이다.

나는 남자 점원한테 여자 점원하고 둘이 우표용 핀셋을 찾아 달라고 하였다. 여자 점원이 우표용 핀셋을 가지고 왔다. 대금을 지불했더니, "고맙습니다." 하고는 가 버렸다. 여자 점원도 남자 점원도 "죄송합니다."라는 말은 끝내 하지 않았다.

며칠 전에는 후츄(府中) 경마장에 갔다. 레이스 두 개가 끝나자 목이 말라서 매점으로 갔다. 친구들의 몫도 사려고 여자 점원에게 냉커피 넉 잔을 주문하였다. 종이컵에 냉커피를 따라 주었다. 종이컵들이 커서 들기가 힘들었다. 그 점원은 빈 상자에 넣어서 들도록 해 주었다.

돌아오는 전차 안에서 생각해 보니, 경마장에서는 레이스보다 그 여자 점원의 상냥한 마음가짐을 본 것이 더 기뻤다. 정말로 종이컵에 든 커피를 맛있게 마셨다.

고노 다에코는 글의 소재를 일상의 체험에서 주웠다. 주제가 선명하게 눈앞에 나타난다. 사람들이 흘리고 간 인생의 낙수를 소재로 삼았기 때문이다. 수필은 생활이란 말이 실감난다.

고향 동네에서 시내에 있는 고등학교를 다니던 어느 해 겨울이었다. 하루는 국어 선생님이 교실에 들어오자 편지지 사용법이며 인사말을 시작하는 법을 가르쳐 주었다. 그러고는 집에 가서 일선 장병 위문 편지를 써 가지고 오라고 하였다.

그 선생님은 "편지는 일선에서 싸우고 있는 장병에게 보내는 것이니 정성을 들여 써야 한다. 누군가 너희들에게 군인들이 일선에서 피를 흘릴 때 무엇을 했느냐고 물으면 대답할 수 있어야 한다."고 말하셨다.

어느 날 나는 입대하는 급우들을 환송하기 위해 기차역으로 갔다. 대학에 가지 못한 급우들 중에서 징병 적령자는 군대에 가게 되었다. 우리들 학우들이 플랫폼에 서서 손을 흔들자 객차 안에서 "돈 있는 너희들은 뒤따라오너라!" 하는 고함 소리가 들려 왔다.

그로부터 오랜 세월이 흘렀다.

어느 해 가을, 서울 영등포 역전에 있는 어떤 한식집에서 고향 친구들하고 점심을 하게 되었다. 모두가 병역의 의무를 마친 노인들이었다. 육이오 전쟁 때 일선에서 싸운 용사도 있었다.

마침 그때 국무 총리 후보자의 병역 면제 사유를 국회 의원들이 국회에서 따지고 있었기 때문에, 친구들이 공무원은 병역의 의무를 다한 사람이 하도록 해야 된다고 떠들었다. 군대에 갔다 오지 않은 공직자는 마음가짐이 곧다고 할 수 없다는 것이었다.

진로 소주를 마시며 우리들은 이런 의견을 개진하였다. 국가는 병역 미필자의 공무원직 취임을 제한할 수 있다는 조항을 헌법에 신설하는 헌법 개정안을 국회 의원들은 발의해야 될 때라고.

그 후 몇 년이 지났다.

어느 봄날, 나는 아내와 함께 서울을 떠나 시애틀 근교에 있는 뷰리엔의 밀러스 크리크 마을로 이민을 왔다. 늘그막에 따뜻한 날씨를 즐기며, 호반 숲길을 거닐며, 아들딸과 손자도 만나며 글을 쓰며 지낸다.

아침 해가 서재의 동쪽 창문에 비쳤다. 까마귀가 울며 창 밖을 지나 마을 앞의 앰바움 불바드 남쪽으로 날아간다. 그 낯익은 까마귀 울음은 고향 친구들을 잊지 말라는 소리 같았다.

[2011. 1 〈한국수필〉 191호]

12. 작품 영역

Noryangjin Post Office

The Unfilial Son Is Weeping

The Dead Tree Trunk

The Daytime Moon

Noryangjin Post Office

If you walk along the right hand walkway of the broad asphalt road which runs toward the Han River Bridge in front of Sayuksin Park, you will find the Noryangjin Post Office. Noryangjin Post Office is a ferro-concrete building of two floors.

I used to live in the nearby western neighborhood for over 40 years and frequented the Noryangjin Post Office. The post office underwent many renovations and personnel changes. This autumn it increased the staff by one person.

There was a time when I walked from my native

village to the primary school in town. The road was unpaved and the school was 6 kilometers away. It took one hour and a half for me to walk to school.

One balmy spring morning, as usual, I put a satchel on my back and walked the village path to reach the road. I strode away counting poplar trees that lined both sides of the road at regular intervals.

When I reached the front of a solitary thatched house by the roadside the house owner came out. He gave me a letter and asked me to mail it. I put the letter in my satchel and went to school. After school, I stopped by the post office on my way home and mailed the letter.

As I walked toward the thatched house I found the house owner standing in front of his house. He asked me whether I put a stamp on the right side of the envelope when he saw me. I said I did so. He then asked if I was certain that I stuck a stamp on the front side of the envelope. He added that if I put the stamp on the backside of the envelope, the letter would return to him.

I told him again that I put a stamp on the right side of the envelope. However, I felt some misgivings. It was because I could not remember whether I stuck a stamp on the front side or on the backside, though I was certain that I attached a stamp on the envelope. My guess was that I put a stamp on the front side of the envelope. For days, I feared that the letter would return to the house owner.

Old-fashioned envelopes for vertical writing were long in length and narrow in width. The name and address of the person to which the letter was addressed appeared on the front side of the envelope and the sender's name and return address was written on the backside. Had I put a stamp on the backside, the letter would have been delivered to the sender.

Years later I walked from my native village to the middle school in the city. There was an uncle who walked to the post office in the city from his isolated house beyond my village. Students of my village often encountered him on the way to school. This uncle was very attentive.

One summer morning, students from my village met with the uncle on the road. We accompanied him to the outskirts of the city counting poplars along the way and listening to the lively chorus of cicadas.

On that day the uncle told us that he was very happy to serve illiterate rural people by writing letters for them and mailing the letters at the post office where he works. I wanted to become a postman in the future.

It was a sunny autumn afternoon. I put complimentary copies of my book *The Song of Sorrento Arirang* into envelopes and took them to Noryangjin Post Office. There, I attached a stamp to each envelope to mail to the members of my Literature Lovers' Society. The new female clerk asked me whether I was the author. She said she wanted to buy one. I told her that my book was available at the bookstore.

The following day, I took more some copies of my book to Noryangjin Post Office and sent them to my literary friends by mail. I also presented a copy to the new female clerk. She persisted in paying for the book so I accepted her opinion. She was the very first person to buy my book.

This book is a collection of essays I wrote after I retired from my official career. It took me more than ten years to publish the book. It is a realization of the proverb: "Many a little makes a mickle." My wife proofread the manuscript and my son designed the cover.

One day, as I mailed more copies of my book to relatives, the female clerk at the Noryangjin Post Office informed me that she found a wrong word in the book. She said that I should replace "tiny clovers" in my essay titled 'The Cotton Plant' with "wood sorrels".

The Unfilial Son Is Weeping

One summer morning before breakfast I took a walk to the park in front of my village and found some cast-off shells of cicadas stuck to the lower part of a tree trunk. I took the empty shells home for fun and kept them on the bookshelf.

The next morning I opened my eyes at the chorus of cicadas. The cicadas seemed to sing "The unfilial son is weeping! The unfilial son is weeping!" outside the window. I was thinking that as one grows older the thought of one's mother deepens.

The following day, at dawn, the sound of rain woke me from my sleep. My eyes were wide open at the pitter-patter of a summer rain. To me it sounded like my aunt, a sister of my father, reading an old book during my early years: "Rain is falling! Tears are falling!" That old book she used to recite was a primary school textbook used in her days.

I thought about the old popular song called "The Unfilial Son Is Weeping". The first line of the song reads: "I am crying out for my dead mother and weeping bitterly, beating the ground with my fists." The tune of the song made the deepest impression on me during my 75 years of living. I missed my mother.

I began to sing the song "The Unfilial Son Is Weeping" under the single-layer quilt. Big drops of tears streamed down my cheeks as I finished singing the last line of the song, "I ask your pardon on my knees for my unfaithfulness to you, my mother in my lifetime." My mother lived with her eldest son in my native town and died after having lived to be over 90 years of age.

"Please help your mother tour foreign countries for sightseeing," advised a woman of my mother's age when I met her while visiting my native town. That lady also died long time ago.

"Mother," I spoke to myself, "I'm really sorry that it took so long for me to attain the age of discretion."

[2009. 7 〈白眉文學〉 15집]

The Dead Tree Trunk

While exercising on the deck, I enjoy glancing at a dead tree trunk that stands beyond the western board fence of my home. Outside the board fence is a small grove of needle-leaf trees. The grove is narrow and long. Beyond the grove is a big pond on which ducks are often present.

The dead tree trunk is sandwiched between trees stretching up high toward the sky and looks 15 meters tall and its lower part seems to be measuring more than two arm spans in surrounding. Although the dead tree trunk has lots of holes in it, it shows no noticeable rot. The skeletal features appeare to be the result of aerial buriel, the ritual of putting the dead out, in nature, to be scattered by the wind.

The grove is administered by our City of Burien. Residents in the Village at Miller's Creek, where I live, said that to preserve the natural beauty of the grove dead tree trunks are to be left untouched. The Korean word for the United States of America is *Miguk* which means "beautiful country". However, how can I call a country that leaves dead tree trunks around a beautiful country?

I pondered over the meaning of nature whenever I glanced at the dead tree trunk. Scholastic First Dictionary published in the United States of America by Scholastic Inc. says that "All of the things in the world that are not made by people are part of nature." The word "nature" is the English for the Korean *jayeun*, which means "naturally and like that". I thought it was more natural to leave dead tree trunks untouched and realized that real beauty is the natural beauty.

The dead tree trunk makes us look back upon its

whole life. It makes us see the real forest. How can we imagine the life of trees without seeing dead tree trunks with our own eyes? The same goes for the society we live in. When we watch crooked old people attentively we can see the real aspect of our society. A society without old people is the same as a forest without dead tree trunks.

On a nice spring day, my son gave my wife and me a ride and we paid a visit to Des Moines Beach Park on Interstate 509. The visit to the park is our first outing in search for attractions since we emigrated from Korea to a quiet city in the southern suburbs of Seattle in April of this year. The park is located just ten minutes from my village. It is on the Puget Sound south of Juan de Fuca Strait between the State of Washington and Canada.

Large gray logs were scattered on the shore of Puget Sound in the park. They were drowned tree trunks that were washed ashore a long time ago. These tree trunks, naked of barks, looked like nude bodies of lovely women. The scene of the dried-up tree trunks left untouched in the clean gravelly beach is a display of love of nature by the City of Des Moines.

One fine afternoon my daughter took us to Saltwater State Park by car. The park is located on the Puget Sound south of Des Moines Beach Park. Amenities include a sandy swimming beach and a boardwalk. Taking a walk along the boardwalk at sunset, we heard swarthy logs crying as they were being shoved against the cement wall under the boardwalk by the waves.

On a hot day, I read a travel brochure in my study and found that there is a Seahurst Beach Park north of Des Moines Beach Park. The brochure featured a picture of large logs spread on the sandy beach. What kind of story will the logs tell me when I visit them?

The Daytime Moon

This afternoon I visited a small business located in the seaside village of the City of Des Moines. My daughter and her husband run the store and it is within 15 minutes' drive from Village at Miller's Creek where I live.

I watered the marigold flowers that were basking in Seattle's warm autumn sun in the front flower garden of the two-story building with a western exposure first. As I stooped down and pulled newly grown weeds I felt my backache. I cut off the roots with a trowel, pulled them out and then got up. I gathered the weeds and put them into a paper bag. When I looked at the sky, I found a daytime moon.

I bent my back and pulled up the rest of the weeds. Feeling a pain in my back again I stood up and stretched it. The Puget Sound, surrounded by green woods, came into view in the westerly direction. The Sound is where salmons gather. Salmons rendezvous in the Sound around this time and are headed for their native streams or lakes.

I looked at the cracks between the concrete garden border and the asphalt parking lot. I found weeds with saw-toothed leaves. Some of the weeds were in full bloom. I put on my leather gloves and grabbed the weeds and pulled them out. I also dug out the weeds in the crevices of the parking lot with my trowel.

In the spring, some sixty years ago, I attended middle school in the city located some distance from my native village. At that time my father worked for the provincial office while engaging in farming at home. My father kept a farmhand as well as a cow.

I welcomed the summer vacation of the first year of middle school. On that summer, increased wage given to farmhands kept my father from employing one. My father was very anxious because he had no farmhand to cut the grass to feed the cow. It was the cow that did the farm work.

Every day after lunch I went out to the field to cut the grass for the cow. I cut soft weeds that the cow liked, put a big load on the A-frame carrier, and carried it home at dusk on my back. My father took the grass to the cow in the cow house while my mother prepared supper on the floor for me.

I was so bad at using the sickle that I often cut my fingers when cutting grass. I counted the big and small scars left on my fingers on the last day of my summer vacation and found that there were ten of them. The scars looked like the daytime moon in the shape of an eyebrow.

Today the scars left by the sickle are covered with thick wrinkles. However, some big scars are still visible. They remind me of the nobility of labor.

[2010. 8 〈한국수필〉 186호]

작가 후기

　나는 61살이 되던 해인 1995년부터 수필을 쓰기 시작하여 2007년에 『소렌토 아리랑』이라는 수필집을 내었으며, 올해 2011년에 『시애틀의 낮달』이라는 수필집을 내놓는다. 수필 공부를 하기 전에는 30여 년 동안 외무 공무원을 하였다. 첫번째 책이 세상에 나오는 데에 10여 년이 걸렸는데, 그 이유는 국어 소양이 부족했기 때문이다.

　나는 1998년 11월에 〈한국수필〉 통권 95호를 통해 등단하였다. 등단지에는 수필을 쓰게 된 동기를 첫째 시심 불로(詩心不老)라는 말도 있듯이 곱게 늙고 싶어서이고 둘째는 내 인생의 발자취를 글로 남기기 위해서라고 썼다. 그 해 말경에 한국수필가협회의 조경희(趙敬姬) 이사장에게서 등단패를 받았다. 다행히 지금까지 건강하게 살아서 수필집을 두 권이나 내게 되었으니, 수필 문학의 덕분이다.

　내가 애용하는 운평어문연구소의 『그랜드 국어사전』에 보면, 수필이란 "형식에 얽매이지 않고 인생과 자연에 대하여 보고 느낀 것을 생각나는 대로 써 나가는 산문 형식의 짧은 글"이라고 한다. 내가 수필 문학의 교과서로 삼고 있는 윤오영(尹五榮)의 『隨筆文學入門』을 보면, "수필은 생활이다. 성실한 생활이 없으면 수필은 없다. 우리는 수필에 의하여 자기의 人生을 키우자."라는 말이 있다. 나는 사회에 유서를 남긴다는 심정으로 나의 인생관, 철학, 직장관, 회고담, 인생의 낙수, 반성의 글, 남기는 말 들을 수필집에 담았다.

　수필을 쓰면서 겪은 애로 사항들 중의 하나는 국문법에 관한 마땅한 교과서를 찾을 수가 없었다는 점이다. 낱말을 단수로 쓸 것인가 복수로 쓸 것인가 망설였을 때에, 명확하게 대답을 주는 책이 없어서 단수형과 복수형의 대조표를 만들어 참고하였다. 국어 학자인 남영신(南永信) 님은 『나의 한국어 바로 쓰기 노트』라는 책에서 "한국어는 아직 야생 상태의 언어이다. 야생 상태의 언어란…… 곧 말을 쓰는 사람들이 자기들의 보편적 가치관에 맞게 그 말을 다듬고 발전시킨 흔적이 별로 없는 언어를 뜻한다."고

설하고 있다.

　나의 수필집에는 사회 원로들의 글 또는 교과서에 실린 글을 평한 작품도 들어 있다. 보기를 든다면, 이 책『시애틀의 낮달』에 실은 「최은희의 고백을 읽고」, 「외교백서를 받다」, 「피천득의 인연을 다시 읽고」, 「시애틀 추장의 편지」, 첫 수필집『소렌토 아리랑』에 있는 「벚꽃 필 무렵」, 「고요한 아침의 나라」, 「퇴고」, 「수요시위」, 「낙화암」이 그것들이다. 누군가가 짚고 넘어가야 할 글들이라고 보았기에 내 생각을 개진하였다.

(2011년 봄)

시애틀의 낮달

2011년 9월 20일 1판 1쇄 발행

지은이·이경구 | 발행인·이선우
펴낸곳·도서출판 선우미디어
등록 | 1997. 8. 7 제300-1997-148호
110-070 서울시 종로구 내수동 75 용비어천가 1435호
☎ 2272-3351, 3352 팩스: 2272-5540 sunwoome@hanmail.net

Printed in Korea ⓒ 2011 이경구

값 10,000원

ISBN 89-5658-279-3 03810